author
kimimaro
illust.もきゅ
3
家で無能と
言われ続けた俺ですが、
世界的には
超有能
だったようです

「ジークと私は
姉弟だからな。
ペアを組むのに相応しい」
ライザ

「言っとくけど、抜け駆けしたら許さないからね？」
クルタ

ファム
「そろそろ、詳しいお話を
お聞かせ願いましょうか」

「さあ、さっそくベッドに
横になってください」

contents

第一話　ギルドからの重要依頼　003
閑話　第三回お姉ちゃん会議　016
第二話　聖騎士　023
閑話　聖女の出立　059
第三話　境界の森　066
閑話　その頃のクルタたち　085
第四話　森の深淵へ　091
閑話　聖女様の人助け　127
第五話　緋石の長城　145
閑話　聖女と冒険者　170
第六話　剣聖対魔族　176
第七話　魔界の陰謀　189
閑話　月夜の魔族　198
第八話　教会の決戦！　216
第九話　迷宮都市の聖剣　234
第十話　目指せ、迷宮都市　241
エピローグ　第四回お姉ちゃん会議　249
おまけ　ファム姉さんのマッサージ　255

家で無能と言われ続けた俺ですが、世界的には超有能だったようです 3

kimimaro

GA文庫

カバー・口絵・本文イラスト
もきゅ

第一話　ギルドからの重要依頼

「それで、話したいことって何なんですか？」

受付カウンターの奥にある、ギルドマスター専用の執務室。

そこに入って扉を閉めたところで、俺《おれ》はさっそく話を切りだした。

わざわざ人に話を聞かれない場所まで連れて来られたのだ。

これで大した用件でなかったら、こちらとしてもちょっと困る。

するとその意図を察したのか、マスターが重々しい口調で告げる。

「……実はケイナ君に、先日のサンプルの調査をしてもらったのだがね。すると、驚くべき結果が出たんだよ」

「サンプルっていうと、あの切れ端に付着した血ですか？」

先日、俺たちがラズコーの谷で遭遇した魔族らしき存在。

そいつの着ていたローブの切れ端を、シエル姉さんがこっそり回収していた。

それに付着していた魔族のものと思《おぼ》しき血を、ケイナさんが調べてくれたらしい。

「ああ、その通りだ」

「じゃあやっぱり……魔族の血だったんですね？」

「そうやで。それも驚いたことにやなぁ……」

言葉を区切ると、何やら深刻そうな様子で眉間《みけん》に皺《しわ》を寄せるケイナさん。

それに合わせるように、マスターもまた顔を険しくした。

にわかに漂い始めた緊張感に、俺たちもたまらず息を呑《の》む。

「そんなに、ヤバかったのか？」

「うん。調査の結果な、あの血には黒竜の因子が含まれとったんよ」

「黒竜？　それが、どう大変なの？」

いまいちピンとこなかったのか、小首を傾《かし》げるクルタさん。

ロウガさんとニノさんも、はてと顔を見合わせる。

黒竜か……。

そういえばどこかで聞いたことがあるような気はするのだけれども。

どこで聞いたのか、俺もはっきりと思い出すことはできなかった。

「黒竜っていうのは、魔界の王の種族やね」

「ま、魔王と同類⁉」

「そうや。黒竜の血を引いとるのは、魔界でも王族や一部の上流貴族に限られとる」

「つまり、あの谷にいた魔族は魔界でも大物であるということだな？」

いつも以上に厳しい顔をしながら、聞き返すライザ姉さん。

するとケイナさんは、黙って首を縦に振った。

道理で、話を聞かれないように俺たちを移動させたわけである。

こりゃとんでもない大ごとになってきたぞ……!!

魔界の大物が人間界に姿を見せただけでも、大事件なのである。

ましてそれが、何らかの破壊工作をしていたとなれば……。

最悪の場合、人間と魔族の大戦争が始まってしまうかもしれない。

そんなことになれば、国の一つや二つ吹っ飛ぶぞ……!

「既に今回の件については、ギルド本部はもちろん王国や教会にも報告を上げている」

「当然ですね。とんでもないことですよ、これは」

「その上で、ギルド本部から極秘の依頼が二つ発せられた」

「二つですか？」

「ああ、いずれも極《きわ》めて重要なものだ」

そう言うと、マスターはまず俺と姉さんの顔を見た。

そして軽く咳《せき》ばらいをすると、重々しい口調で告げる。

「まず、ジークとライザ殿。二人には聖騎士ウェインのパーティと合流して、ある物を魔界まで届けに行ってもらいたい」

「魔界にですか……⁉」

「そうだ、境界の森を越えてもらう」

「……厄介《やっかい》だな」

ぽつりとこぼすライザ姉さん。

いやいや、普通は厄介どころの騒ぎじゃないぞ！

境界の森は、魔界側へ進めば進むほどに生息する魔物が強くなっていく魔境だ。

しかもその奥地は、数百年もの長きにわたって人が立ち入ったことがない。

魔族との協定によって、交流が厳しく制限されてきたためである。

どれほど獰猛《どうもう》なモンスターが生息しているのか、想像するだけで恐ろしい。

「一応、森を抜けるための道自体は存在している。最後に使われたのは三百年前だがな」

「それってもう、森に呑み込まれているのでは……」

「だからこそ、優秀な君たち二人に依頼したいのだ。ちなみに、一緒に行動する聖騎士ウェインはＳ級冒険者だぞ」

「おおお……‼」

Ｓ級冒険者と聞いて、俺は思わず目を輝かせた。

大陸に星の数ほどいる冒険者たちの中でも数十名しか存在しないエリートの中のエリート。

それこそがＳ級冒険者だ。

まさしく冒険者界の頂点に君臨《くんりん》する存在で、国によっては貴族並みに扱われるという。

その実力は凄《すさ》まじく、文字通りの一騎当千《いっきとうせん》を成し遂げる者もいるとか。

冒険者の聖地と言われるラージャなら、いつか出会う機会もあると思っていたけれど……。

まさか一緒に仕事ができるなんて、思ってもみなかった!!

「S級冒険者……！　会うのが楽しみですね、ライザ姉さん！」

「ふん！　S級が何だ、私の方が強いに決まっている！」

「いやまあ、そりゃそうだろうけど……」

頰《ほお》を膨らませて、そっぽを向く姉さん。

よくわからないが、急に機嫌を悪くしてしまったようだ。

何か気に障《さわ》るようなこと、言っちゃったかな？

俺が助けを求めるようにクルタさんたちの方を見ると、みんなやれやれと肩をすくめる。

「まったく、鈍感な奴だな……」

「ですね。ライザさんが可哀想《かわいそう》です」

「ま、そういうとこも可愛《かわい》いと思うよ」

ロウガさんとニノさんが呆《あき》れる一方で、クルタさんは俺を慰めてくれた。

ええっと、結局何がいけなかったのだろう……？

俺が困っていると、はいはいと話題を断ち切るようにクルタさんが言う。

「それで、もう一つの依頼は？　残ったボクたち三人で受けるんだよね？」

「ああ、その通りだ。三人にはある人物の護衛を引き受けてもらいたい」

「……どなたなんですか？」

ある人物と誤魔化《ごまか》して、何故《なぜ》か名前を出さなかったマスター。

それに対して、ニノさんは実に端的な疑問をぶつけた。

当然だ、誰《だれ》を守るか分からないのではまったく仕事にならない。

するとマスターは、顎《あご》を擦《こす》りながら困ったように言う。

「それについてはまだ教えられない。先方からの要望で、ギリギリまで来訪を伏せてほしいそうなのだ」

「おいおい、護衛依頼で相手を知らないなんてありえねーぜ？」

「うむ、もっともな意見だ。しかし、言えないものは言えないのだ。もう少し待ってくれ」

「……ひょっとして、裏社会の人とかじゃないよね？」

「まさか！　今回の件に関係して来訪される、非常に重要なお方だ。とてもとても高貴な身分にある方だぞ。裏社会なんてとんでもない！」

マスターがそうまで言うということは、よほど地位のある人物なのだろう。

ひょっとして、王様でも来るのだろうか？

この反応からすると、まんざらあり得なくもなさそうだ。

クルタさんたちは、いったい誰だろうとにわかにざわつく。

「とにかく、二つとも極めて重大な依頼だ！　パーティを分けることになって申し訳ないが、よろしく頼む」

「はい!!」

こうして俺たちは、ギルドからの重要依頼を引き受けるのだった――。


――○●○――


「私たち二人で依頼とは、マスターもなかなかわかっているではないか……」

執務室を出たところで。

腕組みをしながら、ライザ姉さんは妙にいい笑顔をした。

その表情に、本能的な危機感を覚えてしまうのは何故だろうか？

何となくだけど、悪いことが起きそうな予感がするんだよな……。

一方、姉さんと比べてクルタさんはひどくご機嫌斜めの様子だ。

彼女は俺と姉さんの間に割って入ると、すぐさま口を尖《とが》らせる。

「何で、ジークと一緒に行くのがボクじゃなくてライザさんなのかな！　同じパーティじゃないのに」

「そなたでは実力不足だからだろうな」

「むっ！　ボクだってAランクなんだよ⁉　そんなにはっきり言うことないじゃないか！」

「足りないものは足りないのだ。だいたい、ジークと私は姉弟《きょうだい》だからな。同じパーティでなくとも、ペアを組むのに相応《ふさわ》しいと判断するのは当然だろう」

腰に手を当てて、ドーンと胸を張るライザ姉さん。

挑発されたクルタさんは、いよいよ悔しげな顔をする。

「むむむむ……‼」

「まあまあ、そんなに悔しがることねーよ。こっちだって、超重要人物の護衛だぜ？　十分に立派なもんだ」

「その通りです。お姉さま、我々の仕事も重要ですよ」

「いや、そうじゃなくて……」

二人はごねるクルタさんの手を取ると、強引に俺と姉さんから距離を取った。

引き離されたクルタさんは、おもちゃを取り上げられた子どものように騒ぐ。

しかし、これはマスター直々《じきじき》のメンバー指定だ。

騒いだところでどうにもならないと察したのだろう、すぐに大人しくなった。

こういう切り替えの早さは、やはり高位冒険者なだけのことはある。

「……しょうがないなぁ。言っとくけど、抜け駆けしたら許さないからね？」

「わかっているさ。魔界に向かうのだからな、さすがの私も無茶はせん」

「ならいいけど……」

「さっきから、いったい何の話ですか？」

「ジークは知らなくていい！」

ライザ姉さんとクルタさんの声が、見事に揃《そろ》った。

この二人、普段はそりが合わないわりにこういう時だけは息が合うんだよな。

俺が半ば呆れていると、姉さんが気を取り直すように言う。

「……あー、今日のところはひとまず解散しよう。もうこんな時間だ」

「え？　ああ、ほんとだ」

窓の外を見れば、すっかり日が落ちていた。

マスターたちと話をしているうちに、だいぶ時間が過ぎていたようだ。

そろそろ帰らないと、宿のおばちゃんに迷惑がかかっちゃうな。

「うし、お開きにするか。明日から大変だからな」

「そうだね。じゃあ、二人とも頑張ってよ。無事に魔界から帰ってきてね！」

「もちろん、ちゃーんと戻りますよ」

「こっちはロウガが変なことしないか見張っておく」

「おいおい、なんで俺を警戒すんだよ」

こうして俺たちは解散し、それぞれの家や宿へと戻った。

明日からの依頼、なんだかちょっと緊張してきたな……。

宿へと戻る道中、俺は月を見上げて何だか漠然とした不安感を覚えた。

姉さんが一緒とはいえ、魔界へ行くのである。

いったい何が待ち受けているのか、俺はこれまでにない不安と緊張を抱くのだった——。


——○●○——


翌日。

俺とライザ姉さんは、ウェインさんたちとの待ち合わせのためホテルの前まで来ていた。

ラージャでも一番の高級ホテルだというそこは、宮殿さながらの豪華な造りだ。

エントランスの前には華美な装飾の馬車が何台も停められていて、舞踏会にでも行くような恰好をした人々が優雅に乗り降りをしている。

マスターの話では、ウェインさんはここに泊まっているとのことだが……。

さすが、S級だけあって相当稼いでいるようだ。

この雰囲気だと、一泊百万ゴールドぐらいはしてもおかしくない。

「うわぁ、すごい場所だなぁ」

「あまりキョロキョロするな、恥ずかしいだろう」

「だって……」

こんな豪華なホテルに来ることなんて、滅多《めった》にないからなぁ。

昔、アエリア姉さんの出張に同行した時以来だろうか。

あの時は、姉さんが俺の分の料金も一緒に支払ってくれたので良かったけれど。

まだ新人冒険者である俺の稼ぎでは、とてもこんなところ利用することはできない。

おかげで、どことなく場違いな感じがして落ち着かなかった。

「まったく。ジークの貧乏性にも困ったものだ」

「いやいや、姉さんの方が堂々としすぎなんですって」

「私はよく来るからな。慣れている」

そう言うと、姉さんは実に堂々とした様子でホテルの中へと入っていった。

さすが、剣聖として王宮にも出入りしているだけのことはある。

俺はその背中に続いて、おっかなびっくりといった様子で扉の中に入る。

すると……。

「あなたがライザ殿ですか？」

白銀の鎧《よろい》を纏《まと》った、金髪碧眼《きんぱつへきがん》の青年。

それが大げさに手を広げて、芝居がかった仕草で姉さんに近づいてきた。

雰囲気だけなら、どこぞの王子様のようである。

ひょっとしてこの人が、依頼で組むことになったウェインさんだろうか？

年の頃《ころ》は二十歳前後、冒険者の割には線が細く貴族的な印象だ。

「あ、ああ。その通りだが、そなたがウェイン殿か？」

妙なオーラを放っているウェインさんに、微妙に引き気味になるライザ姉さん。

そういえば、こういうタイプの人を姉さんは嫌ってたからなぁ……。

だがそんなことお構いなしに、ウェインさんはさらに畳みかけてくる。

「その通り！　この私が、聖騎士の称号を持つSランク冒険者のウェインです！」

「……私はライザだ、よろしく頼む。それでこっちがおと――」

弟と言いかけた姉さんの口を、俺は慌てて押さえた。

俺が姉さんの弟だということは、ごく一部の人にしか知らせていない秘密である。

初対面の人に、うっかり重大なことを語ろうとするんじゃないよ！

俺が必死の形相《ぎょうそう》で首を横に振ると、姉さんはすぐさまうんうんとうなずいた。

「おと、男のジークだ」

「いや、言われなくてもそれはわかるのですが」

「よ、余計なことは気にするな。なぁ？」

「え、ええ……」

「……まあいいでしょう。素敵なレディには秘密がつきものですからね」

ウェインさんは指をパチンッと弾くと、ダンサーよろしくその場で一回転した。

そして姉さんの顔を覗《のぞ》き込むと、白い歯を輝かせてまばゆいばかりの笑顔を決める。

「……こりゃ、魔界以前に厄介なことになるかも」

俺は冷たさを増していく姉さんの表情を見て、たまらずそうつぶやくのだった。

閑話

第三回お姉ちゃん会議

ジークたちがウェインと邂逅《かいこう》していた頃。

王都ベオグランにある彼の実家では、久しぶりに姉妹《しまい》四人が集《つど》っていた。

深刻な顔をする彼女たちの話題はもちろん、未《いま》だに帰ってこないノアについてである。

ノアが実家を飛び出して、はや三か月以上。

姉妹たちの心配もピークに達し、ピリピリとした空気が部屋に溢《あふ》れていた。

「まったく！　これだから脳筋には困ったものですわ……！」

額に手を当てて、大げさに嘆いてみせるアエリア。

ノアを連れ戻しに行ったはずのライザが、そのまま現地に居ついてしまうとは。

さすがの彼女も予想できなかったことである。

ノアはライザのことを恐れているとばかり思っていたのだが、どうもうまく言いくるめてしまったようだ。

「シエルもシエルでしてよ。勝負に負けるとは情けない」

「しょうがないでしょ？　思ったよりノアが腕を上げてたのよ。あれは想定外だったわ」

「仮にも賢者でしょう？　何とかしなさいな」

「あのねえ……」

眉間に指を押し当て、シエルはうんざりしたようにため息をついた。

アエリアは魔法のことを詳しくはよく知らないため、賢者なら何でもできると思い込んでいる節がある。

しかし賢者にだって、できないことは当然あるのだ。

そう、例えば……家出した弟を辺境から連れ戻すとか。

「とにかく、ノアを連れ戻すことが大切」

「そうですわね。ライザが味方に付いてしまった以上、実力行使は難しいですわ。何かしらの策を考えないと」

「策ねえ……。いっそアエリアの力で、ギルドに根回ししたりとかできないの？」

「難しいですわねえ。冒険者ギルドは大陸全土に広がる大組織ですもの。せめてこの国の支部なら、マスターを挿《す》げ替えるぐらいはどうとでもなるのですけど」

「ラージャは遠いからねえ」

アエリアの率いるフィオーレ商会の本拠地は、ウィンスター王国である。

そこからラージャまでは、国境をいくつも越えていかねばならない。

一応、ラージャにも支店を構えてはいるが影響力はほとんどなかった。

「ファムのところはどうなの？　なんか融通《ゆうづう》を利《き》かせられない？」

「……へ？　何の話です？」

大事な会議の最中だというのに、ろくに話を聞いていなかったらしいファム。

ごしごしと眼《め》をこするその様子は、ずいぶんと眠そうである。

真面目《まじめ》な彼女らしくない行動に、アエリアはすぐに怒りを露《あら》わにする。

「ちょっとファム！　あなた、今寝ていませんでした⁉」

「すいません……！　最近はどうにも忙しくて」

「何かありましたの？」

聖十字教団の聖女であるファムは、常に規則正しい生活を送っている。

その徹底ぶりは凄まじく、日没とともに寝て夜明けとともに起きる暮らしを続けていた。

――聖女たるもの、常に信徒の規範であれ。

それが、彼女が聖女として掲げるモットーである。

そのファムが寝不足で居眠りするなど、よっぽどの事態が起きているに違いない。

「それが、ラージャ付近に出た魔族の件でいろいろと」

「……そういえば、魔族のことをすっかり忘れてた」

「そうですわ！　ノアは大丈夫でしたの⁉」

思い出したように、強い口調で尋ねるアエリア。

他の姉妹たちも一斉にシエルの方を見る。

「大丈夫よ、ノアは元気にしてるわ。だいたい、もし何かあったら真っ先に知らせてるわよ」

「それもそうですわね」

「ほっ……」

「危険な気配がしたのは確かだけどね。私も、魔族らしき影を見たし」

「本当ですの？」

シエルの報告に、アエリアはたまらず渋い顔をした。

エクレシアもまた、肩をぶるぶるっと震わせる。

戦う力を持たない二人にとって、魔族はまさしく恐怖の象徴。

想像するだけでも恐ろしいものであった。

魔族と対峙《たいじ》する立場のファムもまた、眉《まゆ》を顰《ひそ》める。

「ええ、ほぼ確定的よ」

「うーん、これは早急《さっきゅう》に手を打たなくては。いくらライザがいるといっても、危ないですわ」

「ノアが危険！」

「……えっと、そのことなのですが。実は、私がラージャに行くこととなりました」

弱弱しい声でそう告げると、ファムはごまかすように笑った。

だが、彼女の予期せぬ宣言に姉妹たちはたちまち騒然とする。

聖十字教団の聖女が辺境へ向かうことは、王族の巡幸《じゅんこう》などよりもよほど大事である。

事態が深刻である何よりの証拠だった。

「半分は私自身の希望なのですけどね。本当は大司教クラスでもいいという話だったのを、自分から行きたいと言ったんです。ノアのこともありますから」

「それでも大事ですわよ！　いったい、何が起きていますの？」

「ファム、教えてほしい」

「私も気になるわ。さすがに、魔族の影を見たぐらいでそこまでの大ごとになるとも思えないし。あなた、私以上のことを何か知ってるわよね？」

情報を持っているらしいファムに、じりじりと詰め寄る姉妹たち。

その眉間《みけん》には深い皺《しわ》が寄り、爛々《らんらん》と輝く眼光はさながら飢えた猛獣のよう。

彼女たちのただならぬ圧力に、さすがのファムも少し冷や汗をかく。

「その、ここだけの話にしてほしいのですが……」

声を潜めると、ファムはゆっくりと事情の説明を始めた。

するとたちまち、姉妹たちの顔が青ざめていき――。

「ま、魔王⁉　ノアが、ノアが危ないですわ！　助けなくては！」

「お、お待ちください‼　アエリア、いきなり飛び出してどうするんですか⁉」

「ノアが……死ぬ……？」

「な、何とかしなきゃ！　て、転移するわよ！」

混乱して収拾のつかない状態になる姉妹たち。

普段は冷静なはずのアエリアがいきなり部屋を飛び出そうとして、エクレシアはその場で気を失った。

シエルに至っては、魔力を練り上げて得体の知れない大魔法を発動しようとしている。

このままじゃ、最悪家が吹っ飛んでしまうかもしれない。

焦《あせ》ったファムは、テーブルを思い切り叩《たた》いて言う。

「みなさん、落ち着いて!!　そのために私が行くんです、安心してください!!!!」

聖女の切なる叫びが混沌《こんとん》とした戦場、もとい会議室に響くのだった。

「ライザ殿はウィンスターの高名な騎士とお聞きしましたが、本当ですか？」

姿勢を正して、改めて姉さんに問いかけるウェインさん。

そういえば、ライザ姉さんは表向き騎士ってことになっていたっけ。

姉さんはやや反応が遅れつつも、ウェインさんの言葉にうなずく。

「腕は確かだと伺《うかが》っていますが、いざという時は私を頼ってください。何といっても、Sランク冒険者ですからね！　ははははは!!」

「……ああ、承知した」

うんざりした顔をしながらも、うんうんとうなずく姉さん。

その様子に満足げな顔をしたウェインさんは、続いて俺《おれ》の方を見る。

「君は……何でも期待のルーキーだとか？」

「いや、そんなことないですよ」

「もちろんお世辞だよ、Dランクだし」

「……はい？」

さすがに、その態度はちょっと失礼なんじゃないか？

突き放すように言ったウェインさんに、俺は思わずムッとしてしまった。

別に、自分で自分のことを期待のルーキーだなんて思っているわけじゃないけれどもさ。

こういう言い方をされると、ちょっとばかりイラッとする。

姉さんも思うところがあったのか、額にスウッと皺《しわ》が寄った。

「おい、その言い方はないんじゃないか？」

「別にそんなに気を使う必要はないでしょう。お手伝いなんだから。なぁ？」

ウェインさんが声をかけると、二人の冒険者らしき女性が進み出てきた。

どうやら彼女たちが、ウェインさんの仲間のようである。

控えめな雰囲気をしているが、二人ともかなりの使い手だ。

よく使い古された防具から、キャリアの長さが窺《うかが》える。

「この子たちは、私のサポートです。常に私が最高のパフォーマンスを発揮できるように、陰ながら支えてくれていますよ」

「サポート？　仲間とは違うのか？」

「そりゃそうですよ。仲間とはあくまで対等の相手に使う言葉ですから。そちらのジーク君も、ライザ殿のサポートなのでしょう？」

ウェインさんは再び俺を見て、どこか侮《あなど》るような笑みを浮かべた。

彼の言う通り、俺と姉さんの実力差は未《いま》だに圧倒的だ。

その点からすれば、俺なんて仲間というよりはお手伝いという方が正しいのかもしれない。

けど、そうまではっきり言うことはないんじゃないかな……？

あまりの態度に俺が面食らってしまっていると、姉さんがピシッと青筋を立てた。

これは……めちゃくちゃ怒ってるぞ……!!

「……ジークは大事な仲間だ。あまりバカにしないでもらおうか」

「ほう？」

「言っておくが、ジークの方がそなたより強いと思うぞ」

姉さんがそう言うと、ウェインさんの顔がにわかに険しくなった。

そりゃそうだ、いくら何でも俺がSランク冒険者より強いはずがない。

ウェインさんがプライドを傷つけられたと思うのも当然だろう。

俺は慌てて姉さんの発言を取り消そうとするが、それよりも早くウェインさんが叫ぶ。

「そんなことあるものか！　私はSランクだ!!」

「強さにランクなど関係ない」

「だったら、試してみますか？」

「ちょ、ちょっと!!　ねえ……ライザさん！」

「いいだろう、受けて立つ！」

なんで勝手に引き受けちゃうのかな!!

俺は全力で首を横に振ったが、もう既に手遅れ。

ウェインさんとライザ姉さんは互いにヒートアップして、完全に二人だけの世界に入ってしまっていた。

これはもう、白黒はっきりつけるまで収まりそうにないな。

「幸い、魔界へ出発するまでにはあと数日の猶予《ゆうよ》があります。その間に勝負をして、どちらが上かはっきりさせるということでどうでしょう?」

「良かろう。で、勝負の内容はどうする? 決闘をして、互いに傷つくわけにもいくまい」

「うってつけの方法があります」

そう言うと、指をパチンッと鳴らすウェインさん。

……この人、いちいちこれをやらないと話をできないのかな?

俺はたまらず呆《あき》れ顔をするが、彼はそんなこと関係ないとばかりに語りだす。

「この街から少し西方に行ったところに、ラグドア平原と呼ばれる場所があるのは知っていますか?」

「名前は聞いたことあるが、そこがどうかしたのか?」

「そこに大規模なグラスゴブリンの群れが住み着いて、付近の生態系を乱しているらしいのです。その数はなんと三百体近いとか」

「三百だと？　それほどの数なら、キングがいてもおかしくないな」

グラスゴブリンというのは、草原を中心に生息しているゴブリンの亜種である。

風の加護を受けていることが特徴で、通常のゴブリンよりもワンランク強い。

それが三百体もいるとなると、小さな街ぐらいなら滅びてしまう戦力だ。

しかもキング、すなわち群れの頂点ともなれば……Aランクは堅いだろう。

なんだか軽い調子で名前を出されたけれど、かなりの大物だぞ。

「魔界行きがあるので、この依頼は断ろうと思っていました。が、気が変わりました。この群れを共に討伐《とうばつ》し、より多くのグラスゴブリンを倒した方を勝ちとしましょう！」

「それはいい。皆のためになるし、何よりわかりやすい！」

腕組みをして、満足げにうなずく姉さん。

だから、そんなこと勝手に決めないでって!!

俺は慌てて姉さんの肩に手をやると、そのまま強引に彼女の顔を振り向かせる。

「姉さん、こりゃいくらなんでも厳しいですよ」

「大丈夫だ。このぐらいジークならばできる」

「そう言われても……！」

「仮にも剣聖の弟が、あの程度の男に勝てんようでどうする！」

にわかに姉さんの顔つきが険しくなり、その身からただならぬ威圧感が発せられた。

これは……実家で鍛錬《たんれん》をしていた頃《ころ》の姉さんの気配だ！

久しくなかった感覚に、俺はたまらず身震いをした。

理由はよくわからないが、何が何でも俺を勝たせたいという意思が痛いほどに伝わってくる。

「……わかった、やれるだけやってみるよ」

「うむ、その意気だ！」

こうして俺は、ウェインさんと勝負をすることになるのだった……。


――○●○――


ラージャの街の西に広がる境界の森。

大陸を東西に分割するこの森なのだが、南北にまっすぐ延びているというわけではない。

西側から東側に向かって、張り出すようにして広がっている。

そしてその弧《こ》の外側、ラージャから見て北西の方角にラグドア平原は広がっていた。

境界の森のほとりにあるだけあって、比較的強い魔物がいる中級者向けの狩場だ。

「おおー、広いですね！」

ラージャの街を出て、歩き続けること数時間。

朝の涼やかな風も温まった頃。

俺たちは地平線の果てまで広がるような大平原に到着した。

どこまでも続く緑の地平線と美しい蒼穹《そうきゅう》の対比は、見ているだけで気持ちが晴れ晴れとしてくるようだ。

「平和な景色じゃないか。ここにグラスゴブリンどもがいるのか？」

顎《あご》に手を押し当てながら、怪訝《けげん》な顔をするライザ姉さん。

確かに、凶暴な魔物がいっぱい潜んでいるって気配はしないな。

寝転がって昼寝したくなるぐらい、のどかで穏やかな雰囲気だ。

「間違いない。この私を指名して依頼が入ったんですよ。ギルドもきっちり調査をしているでしょう」

「だが……」

「ウェイン様、あちらに何か見えます！」

先行していたウェインさんの仲間の女性たちが声を上げた。

小高い丘の上から平原を見渡していた彼女らは、早く早くとばかりにジャンプしながら手招きをする。

よほど凄《すご》いものを見つけたのだろうか、反応がやけに大きい。

俺たちはすぐに、彼女たちに向かって小走りで移動する。

すると――。

「こりゃあ……すごいな」

「完全に村ですね。立派な塀まで造ってますよ」

「三百……いや、五百はいるな」

平原の一角に、グラスゴブリンたちの立派な集落ができていた。

丸太の塀で囲われた区画に、草を葺《ふ》いて造られた大きな家々が立ち並んでいる。

ゴブリンたちのお手製らしく、造りは原始的だが規模はなかなかのもの。

ちょっとした村……いや、街ぐらいの規模はあるな。

中でも奥にある家は大きく、床を上げた高床式になっている。

「ここまで成長した集落は初めて見るな。どうする、私も参加して三人でやるか？」

そう言って、俺とウェインさんに視線を向けるライザ姉さん。

今回は俺たち二人の勝負ということで、姉さんはあくまで審判役に徹する予定だった。

しかし、ここまでゴブリンたちの勢力が増しているとなると……。

俺は少しばかり嫌な予感がしたが、ウェインさんはやれやれとばかりに言う。

「たかがこの程度の数のゴブリンに、この聖騎士ウェインが恐れをなすとでも？　これでも私は、一年前にはワイバーンの群れを討伐したこともあります」

「その通りです、ウェイン様の実力を甘く見ないでください！」

ウェインさんに同調して、盛り上がる少女たち。

ウェインさんはサポーターだのと散々なことを言っていたが、彼女たちは彼のことを信頼しているらしい。

さすがはSランク冒険者、この程度の相手など恐れることはないってことか。

「まあ、君がライザ殿の参戦を望むというのならば話は別だがね」

「いえ、結構です。予定通りやりましょう」

「わかった。ならば私は、この丘から様子を見守っていよう」

「お願いします」

「では狩りをする前に改めてルールの確認を」

そう言うと、ウェインさんは改めてゴブリンの集落を見渡した。

そしてその入り口を指さすと、ニヤッと口元を歪《ゆが》めて言う。

「我々の目的はあのゴブリンどもの殲滅《せんめつ》だ。それが終わった後、どちらがより多くのゴブリンを倒したかを競うぞ。とにかく数が多い方の勝利だ」

「なるほど、シンプルですね」

「これでもし君が私に勝てば、正式に仲間として認めてあげようじゃないか。せいぜい頑張りたまえ」

「じゃあ、ウェインさんが勝った場合は？」

俺がそう尋ねると、ウェインさんは何故《なぜ》か噴き出してしまった。

彼はわかってないなとばかりに両手を上げると、子どもに言い聞かせるような調子で言う。

「私はSランク冒険者ですよ？　勝って当然の立場だ。だから勝ったからといって、特別に何かを求めたりはしないよ」

白い歯を見せ、ニカッといい笑顔をするウェインさん。

俺に負ける可能性なんて、万に一つも考えてはいないのだろう。

その顔には自信がみなぎっていて、眩《まぶ》しく思えてしまうほどだ。

むむむ……何だか闘志が湧《わ》いてきたぞ！

たとえ勝つことは難しくても、このまま見下されっぱなしというのも気に障《さわ》る。

それに、あの姉さんが勝てると言ったんだ。

俺は、その言葉を信じる……!!

「……負けません！」

「ほう？」

「そう簡単には負けませんよ、俺は」

「ははは、いい気迫だ！　いい勝負にしよう！」

そう告げると、ウェインさんは俺たちに向かってウィンクをした。

彼はそのまま斜面を滑るようにして駆け下りていく。

そして集落の前までたどり着くと、その門に向かって強烈な飛び蹴《げ》りをかました。

鎧《よろい》を着たウェインさんの身体が、さながら砲弾のように宙を貫く。

白い軌跡はたちまち木製の門扉を吹き飛ばし、集落の広場に着地した。

ドンッと腹の底に響く低音が、ここまで伝わってくる。

「しょ、正面から突っ込んだ！」

「ウェイン様、さすがです!!」

「はははははっ!!　ジーク君も早く来なければ、私がすべて倒してしまうよ！」

そう言うと、ゴブリンたちを軽《かろ》やかに切り飛ばしていくウェインさん。

このままだと、本当にすべて倒すのも時間の問題のように見えた。

こりゃ、俺も急がなきゃ!!

けど、真正面から行ったらウェインさんの戦いに巻き込まれちゃいそうだな……。

集落の周囲を見渡した俺は、奥の大きな家の向こうに出入口らしきものを発見する。

大きな集落なので、ちゃんと裏口も用意されているようだ。

「よし、俺はあっちだな。ね……ライザさん、ちゃんと見ててくださいね！」

「ああ、任せておけ」

こうして俺は、ゴブリンの集落に向かって駆けだすのだった――。


――○●○――

「俺も頑張らないと。さあ、かかってこい!!」
無事に裏口から集落の中へと侵入した俺は、剣を手に声を張り上げた。
途端に、ゴブリンたちがキィキィと耳障りな声を上げて集結する。
その数は、ざっと二十から三十といったところか。
よっしゃ、そうこなくっちゃ!!
「ヴァルカン!!」
炎が渦を巻き、黒剣を包み込んだ。
俺が今最も得意とする魔法剣である。
迫りくるゴブリンの群れ、交錯する剣と棍棒《こんぼう》。
灼《や》けた刃は緑の皮膚をたやすく切り裂き、その血を沸騰させた。
弾《はじ》ける肌、降《ふ》り注《そそ》ぐ血潮。
たちまち肉の焼ける音と聞き苦しい断末魔《だんまつま》が響く。
「ギシャアア!!　シャアア!!」
切っては捨てて、切っては捨てて。
俺はさながら独楽《こま》のように、ゴブリンの群れの中で踊った。
するとその勢いに恐れをなしたのだろうか。

ゴブリンたちは距離を取ると、誰《だれ》かを呼ぶように叫びだす。

「グラアアアアッ‼」

たちまち、近くの家の中から少し服装の違うゴブリンたちが姿を現す。

普通のゴブリンが腰布しか身に着けていないのに対して、家から出てきた連中は皮鎧を装備していた。

恐らくは、人間の冒険者たちから奪ったものなのだろう。

傷だらけだが、造りはしっかりとしている。

顔立ちも精悍《せいかん》で、歴戦の強者といった風体《ふうてい》だ。

「ハイグラスゴブリンかな？」

俺がそうつぶやいた途端、ゴブリンたちは大剣で斬《き》りかかってきた。

こいつら、動きがやたらと速い！

俺がとっさに後ろへ飛びのくと、空振りした剣が地面を砕いた。

この動きの速さと威力は、間違いなく風の加護のなせる業《わざ》だろう。

「こりゃ、普通のハイゴブリンだと思ってたら痛い目を見るな！」

――こいつらを舐《な》めてはいけない。

そう直感した俺は、その動きを止めるため光の魔法を紡《つむ》ぐ。

「サンティエ！」

魔力が弾けて、迸《ほとばし》る閃光《せんこう》がゴブリンたちの眼《め》を焼いた。

視界を奪われたゴブリンたちは、目元を手で押さえながらのたうち回る。

すかさず俺は前傾姿勢を取ると、再び群れへと切り込んだ。

ゴブリンたちの身体が、瞬く間に鎧ごと両断されていく。

一匹、二匹、三匹……。

屈強なはずのハイゴブリンが、瞬く間に切り伏せられた。

「よし、次は……」

「ギシャアアアアッ!!」

「うわっ!?」

最後に残った一匹が、とんでもない大声を上げた。

もはや声というより、爆音か何かに等しい音量である。

い、一体なんだよこりゃ!?

頭を直接揺さぶられるような衝撃に、俺は身動きが取れなくなってしまった。

こいつ、何をするつもりなんだ?

雄叫《おたけ》びを上げたゴブリンをすぐに睨《にら》みつけるが、すぐに力尽きたように倒れてしまう。

「最後の悪あがきだったのか？」

近づいて顔を持ち上げてみると、その眼からは光が失われていた。

さきほどの叫びは、死の間際《まぎわ》の抵抗だったのだろうか？

ゴブリンというより、マンドラゴラか何かみたいだな……。

その不可解な行動に俺が首を傾《かし》げていると、不意に背後から強烈な殺気が伝わってくる。

「くっ!!」

直感。

俺は考える暇もないうちに、横へ跳んだ。

その直後、風の塊のような物体が轟音《ごうおん》を上げて通り過ぎていく。

やがて集落を取り囲む塀に衝突したそれは、強烈な爆発《ばくはつ》を起こした。

拡散した爆風によって、塀はおろか付近の家までもが吹き飛ぶ。

おいおい、上級魔法並みの威力だな！

「……こいつは、もしかしてキングか？」

振り返れば、そこには今まで見たことがないほど巨大なゴブリンがいた。

いや、こいつはもはやゴブリンなのか？

俺よりもはるかに背が高く、筋骨隆々としたその姿にはゴブリンらしからぬ迫力があった。

さすがに巨人族には及《およ》ばないほどにしても、並のオーガよりはるかに逞《たくま》しい。

「オマエ、ムレアラシタ。コロス!!」

「話した！　やっぱりこいつがキングか！」

「コロス、コロシテヤル!!」

そう言うと、キングは胸を大きく膨らませて咆哮《ほうこう》した。

風が吹き荒れ、キングの周囲で渦を巻く。

やがて小さな竜巻のようなものが生まれ、キングの持つ巨大な棍棒を中心に塊となった。

これが、さっき飛んできた風の塊の正体か！

轟々《ごうごう》と吹き荒れるそれは、竜巻を圧縮したかのようだ。

「フキトベ!!」

「ちっ！　吸い込まれる！」

球でも打つかのように、キングは風の塊を棍棒で弾き飛ばした。

俺はすぐさまその軌道から逃れようとするが、身体が引っぱられてしまう。

今のは危なかった！

かろうじて避けることには成功したが、あともう少しで吸い込まれるところだった。

こりゃ、かなり余裕をもって避けないと危ないぞ！

俺がそう危機感を抱くと同時に、キングは続けざまに二発三発と攻撃を放つ。

「近づかせないつもりか……！　だったら、飛撃!!」

攻撃をかわしつつも体勢を整えた俺は、キングに向かって斬撃《ざんげき》を飛ばした。

真空の刃《やいば》が宙を裂き、瞬く間にその太い首を跳ね飛ばす……はずだったのだが。

あろうことか、棍棒の纏《まと》う風が刃を吸い込んで無効化してしまった。

「防御もできるのか！」

「オレ、ツヨイ！　ムテキ！」

「調子に乗るなよ！」

なぜだろう、ゴブリンの醜悪な顔が一瞬だがウェインさんと重なって見えた。

こいつには負けたくない。

俺の心の中で、再び闘志が燃え上がる。

あの何でも吸い込む風の防御を、どうにか突破する方法はないものか。

俺の頭脳が極限まで回る。

思考が研《と》ぎ澄まされ、時の流れがにわかに遅く感じられた。

「吸い込む、吸い込む……そうだ！」

風の塊に吸い込まれていく砂埃《すなぼこり》。

それを見た俺の頭の中で、パッと閃《ひらめ》くものがあった。

俺はすぐさま魔力を高めると、それを炎に転じて放つ！

「焼けろっ!!」

紅蓮《ぐれん》の炎が宙を走る。

ゴブリンはすぐさま風で防ごうとするが、それは悪手であった。

炎を吸い込んだ風の塊は、さながら太陽のような状態へと変化を遂げる。

魔力のたっぷりと込められた炎は、風に呑《の》まれてもそう簡単に消えることがないのだ。

「ブフォッ⁉　ナンダコレハ‼」

「もういっちょ、ヴァルカン‼」

「ヤメロ‼」

ダメ押しでさらに炎魔法を打ち込む。

膨張、拡大、そして舞い散る火の粉。

炎を吸い込んだ風の塊はいよいよ肥大化し、完全に制御不能と化した。

やがて抑えきれなくなった炎は、次第に輝きを強めて――。

「ウゴアアアアッ‼」

爆発、閃光、熱風。

ゴブリンキングの身体が、瞬く間に業火《ごうか》に呑まれたのだった。

「ふぅ……何とか倒《こ》せたな」

焼け焦げて真っ黒になったグラスゴブリンキング。

その亡骸《なきがら》を見下ろしながら、俺は額に浮いた汗を拭《ぬぐ》った。

やれやれ、思った以上に手ごわい相手だったな。

いくらキングとはいえ、これほどに強いゴブリンがいるとは予想外だった。

「……っと！　急いで他のを倒さなきゃ！」

俺はここで、ウェインさんとの勝負のことを思い出した。

すっかり忘れてしまっていたが、勝負の行方《ゆくえ》は倒したゴブリンの数で決まる。

キングだろうとノーマルだろうと、一匹は一匹。

うっかり、キングに時間を使っている場合じゃなかった……‼

「どりゃああっ‼」

俺は周囲を見渡すと、まだ残っていたゴブリンの群れに向かっていった。

少しでも倒しておかないと、このままじゃウェインさんに負けちゃうぞ……！

こうして俺が剣を振り上げ、ゴブリンを両断しようとしたその瞬間。

どこからか飛んできた白い衝撃波が、群れを根こそぎ吹き飛ばしてしまった。

「ははは、獲物はいただいたよ！」

高笑いと共に、悠々とこちらに歩いてくるウェインさん。

あちゃー、もう残りは全部倒されちゃったか！

俺がしまったとばかりに額を押さえると、ウェインさんはすっかりご機嫌な調子で言う。

「どうやらこの勝負、私の勝ちのようだね。だが気にしなくていい、私はSランク冒険者にして聖騎士なんだから！」

「……ま、まだわかりませんよ。ライザさんのところに戻って、数を数えるまでは！」

「君もなかなか強情だねえ。ま、私も若い頃はそうだったよ」

いや、若い頃ってまだ二十歳そこそこだろうに。

俺はここぞとばかりにベテラン感を出してくるウェインさんに、たまらず突っ込みたくなった。

が、ここはひとまずグッとこらえておく。

数えるまでわからないと言ったけれど、実際のところウェインさんのほぼ勝ちだろう。

ここで下手に噛《か》みついても、傷口を広げてしまうだけだ。

「さあ、丘の上に戻ろう！　ライザ殿が首を長くして待っているぞ！」

「……はい！」

こうして俺たちは、壊滅した集落を出てライザ姉さんの待つ丘へと戻るのだった。

――○●○――

「先ほどとんでもない音がしたが、平気か？」

俺たちが丘に戻ると、すぐさま姉さんが近づいて来た。

どうやら、先ほどの爆音がここまで届いていたようだ。

ウェインさんの仲間の女性たちも、揃《そろ》って心配そうな顔をしている。

「大丈夫だ、二人ともピンピンしているよ」

「良かった～！　心配したんですよ、ウェイン様！」

「なに、この私がグラスゴブリン如《ごと》きにやられるわけがないだろう！」

そう言うと、ウェインさんは腰につけていたマジックバッグを開いた。

たちまち中からゴブリンたちの魔石が溢《あふ》れ出す。

うわ、わかっちゃいたけどすごい数だな……!!

ドサドサッとうず高く積まれた山を見て、俺は思わず息を呑んだ。

こりゃ、こっちの二倍……いや、三倍ぐらいはあるぞ！

「すごい、さすがはウェイン様!!」

「たったあれだけの時間で、こんなに倒してきちゃうなんて！」

「ま、これぐらいできなければSランクは務まらないからね」

白い歯を見せながら、自信たっぷりに笑うウェインさん。

メンバーの女性たちも、一緒になって彼と共に盛り上がる。

もはや完全に祝勝ムードといった様子だ。

だが一方で、魔石の山を見下ろした姉さんは何やら渋い顔をした。

彼女はそっと手を伸ばすと、魔石をいくつか掌《てのひら》に載せる。

「どれも小さいな。ひょっとして、すべてノーマルか？」

「ええ、この勝負は数で決まるんですから。ノーマルを集中して狙《ねら》っていくのは当然のことでしょう？」

「だが、集落の中には当然上位種もいただろう？　それらはどうしたんだ？」

「そちらはジーク君が倒してくれたようです」

「……ということは、ウェイン殿は上位種を無視して雑魚《ざこ》狩りをしていたということか？」

呆れたような顔で尋ねるライザ姉さん。

そのキツイ物言いに、ウェインさんは面食らったような表情をした。

だがすぐに気を取り直すと、髪をかき上げながら言う。

「それも勝負の駆け引きのうちですよ。」

「そ、そうよ！　そっちのやり方が悪かっただけよ！」

「ウェイン様を悪く言わないで！」

「まあいい。ではジーク、そちらの魔石を見せてくれ」

「わかった」

俺はそう言うと、マジックバッグを広げて中の魔石を取り出した。

ウェインさんと比べると、その数は格段に少ない。

できた山の大きさを見比べると、大人と子どもほどの差ができてしまっていた。

俺は少し恥ずかしくなって、姉さんたちから顔をそむけてしまった。

だが……。

「これは……デカいな！」

魔石の山に手を差し入れた姉さんは、中でも最も大きな石を手にした。

掌からはみ出すほどの大きさがあるそれは、陽光を反射し翡翠《ひすい》色に輝いている。

さらにその内側では、青白い魔力が渦を巻いていた。

「それはキング……いや、それよりもっと大きい……？」

ウェインさんの顔つきが、にわかに険しくなった。

上位種がいることは予想されていたのに、何をそこまで驚いているのだろう？

唇を青くして、何やら尋常でない様子だ。

「そんなにすごいんですか、それ？　キングの魔石ですよね？」

「違うな。これはキングの上位種、エンペラーのものだろう」

「エンペラー？　そんなの聞いたことないですけど」

「無理もなかろう。私でもまだ二回目だからな。もっとも、ウェイン殿の方はきちんと知っていたようだが」

そう言うと、姉さんは改めてウェインさんの顔を見た。

すると先ほどまでの余裕はどこへやら。

ウェインさんは冷や汗をかきながら、ぽつぽつと語り始める。

「エンペラーはゴブリン種の最上位。その力は通常のゴブリンでもSランク相当だ。まして亜種のグラスゴブリンのエンペラーともなれば……」

「Sランク冒険者でも、単独討伐はまず不可能だろうな。最低でも五人はいる」

「くっ……！　あり得ない、こんなことあり得るはずがない！　ジーク君はまだDランクなんだぞ！」

「だから言っただろう、強さにランクなど関係ないと」

姉さんにそう言われて、ウェインさんの顔がみるみる赤くなった。

額に青筋が浮かび、凄《すさ》まじい形相《ぎょうそう》である。

俺に実力で負けたという事実が、よっぽどプライドを傷つけたらしい。

もはや、余裕を取り繕う余裕がないといった状況だ。

「だ、だが!!　勝負の内容はあくまでも数だ！　たとえエンペラーだとしても、一体は一体なんだ！」

「ああ。だが、そなたはそれでいいのか？」

「ぐぬぬぬぬ……！　もういい、ここまでだ！　集落は全滅させたんだ、帰るぞ!!」

そう吐き捨てるように言うと、ウェインさんは仲間を連れて足早に歩いて行ってしまった。

ありゃま……予想以上に怒らせちゃったみたいだな。

別にそこまでするつもりはなかったのだけども。

俺が困ったような顔をしていると、姉さんが高らかに言う。

「ははは、試合に負けて勝負に勝ったってやつだな！」

何だか俺以上に喜んでいる姉さんを見て、俺は少しばかり胸がすっとしたのだった。


―○●○―


「しかし、エンペラーが出るとはな。これも魔族の影響だろうか」

ラグドア平原からの帰り道。

姉さんは眉間に皺をよせ、腕組みしながら呟《つぶや》いた。

話によれば、ゴブリンエンペラーは数十年に一度しか現れない超希少種。

数年前に現れた際は、姉さんがわざわざ他国にまで出向いて討伐したらしい。

そういえば何年か前、何か月か家を空けていたのはそのためだったのか。

「ケイナさんに報告した方がいいですね。また何かわかるかもしれません」

「だな、早くギルドへ戻らなくては。しかし……あの男には困ったものだ」

やれやれと肩をすくめるライザ姉さん。

あの男とは、言うまでもなくウェインさんのことだろう。

よほど彼のことが気に入らないのか、姉さんの言葉にはひどく棘《とげ》があった。

「まあまあ、そんなに怒らなくとも」

「いいや、良くない。Sランクと言えば冒険者たちの規範となるべき存在だぞ。それがあれではな……」

「別に悪いことをしたわけじゃないでしょう？」

「ううむ、しかし……」

俺は姉さんをなだめるが、なかなか機嫌は良くならなかった。

それどころか、彼女は次第に眉間の皺を深くする。

「……そういえばあの男、聖騎士と名乗っていたな。よくなれたものだ」

「そりゃあ、Sランク冒険者ですからね。実力は十分でしょう」

「いや、腕だけでは聖騎士にはなれんぞ」

そういうライザ姉さんの顔は、やけに自信ありげだった。

ずいぶんと詳しそうだけど、何でだろう？

俺が小首を傾げると、姉さんは微笑《ほほえ》みを浮かべて語り出す。

「剣聖になる前、私も聖騎士の称号が欲しいと思ったことがあってな。その時、ファムにあれこれと聞いたんだ」

「なるほど、それで」

聖騎士とは、聖十字教団に選ばれた優秀な騎士に与えられる称号である。

当然のことながら、教団の代表であるファム姉さんなら聖騎士になるための条件にも詳しいだろう。

何なら、ファム姉さんの権力で聖騎士の称号ぐらいはどうとでもなってしまう。

「うむ。それで、聖騎士というのは腕前だけでなく人格も重視して選ばれるそうでな。清廉潔白で、誰からも慕われる人格者でなければダメらしい」

「清廉潔白で、誰からも慕われる……」

「加えて、普段の素行《そこう》も厳しく調査されるそうだ」

「ううーん……」

そう言われると、ウェインさんはいささか世俗にまみれすぎているような……。

パーティの女性たちと明らかに関係を持っていそうな雰囲気だったし。

聖十字教団の教義において、純潔であることは極《きわ》めて重要である。

複数の女性と関係を持つことなどもってのほかだ。

「少し変だと思わないか?」

「でも、聖十字教団に限って不正とかはないですよ」

古くて大きな組織には腐敗がつきものだが、こと聖十字教団に関してはそういったものとは無縁であった。

聖女であるファム姉さんが、日頃からしっかりと管理しているおかげだろう。

姉さんは基本的に優しい人だけど、身内に対してはとにかく厳しいからなぁ……。

過去の記憶が脳裏《のうり》をよぎり、たまらず身体がぶるぶるっと震えた。

ライザ姉さんたちとは違って、ファム姉さんは笑顔で無茶苦茶を言ってくるんだよな。

神聖魔法が習得できるまで、寝てはいけませんとか……。

「いや、最近はそうとも限らんらしい。何でも新しく司教になった男がいろいろと厄介《やっかい》なのだとか」

「そうなんですか？　俺、初めて聞きましたけど」

「心配をかけると思って、ジークには言わなかったのだろう。ファムはジークに気を使っていたからな」

あれで……？

切り傷を作っては、治癒魔法を使い続ける修行とかさせてきたのに？

俺は思わず眉間に皺をよせたが、姉さんは気にせず語り続ける。

「ファムの話によると、教団内部に独自の派閥を作っていろいろ怪しい動きをしているらしい。しかも、資金集めに熱心で金次第で地位を斡旋《あっせん》するようなこともしているとか」

「え？　じゃあひょっとして……」

「あくまで可能性の話だがな。さすがの私も断言はできん」

いくらか配慮したのか、言葉を濁した姉さん。

しかし、言いたいことはハッキリと伝わってくる。

けど、これから一緒に過酷な依頼に向かうって時に仲間を疑うのも良くないな。

何といっても魔界に行くのだ、例え剣聖の姉さんが一緒でも何が起きるかはわからない。

信頼関係を崩すようなことは、可能な限り避けなければならなかった。

「……ひとまず、そういうことは無事に依頼を終えてからにしましょう」

「それもそうだな。すべては魔界から帰ってきた後だ」

そう言うと、姉さんはぐぐーっと大きく伸びをした。

少し疲れた顔をする彼女に、俺は気分転換になればと少し話題を変えてみる。

「そう言えば姉さん、ラージャでの暮らしにはもう慣れたんですか？」

「ん？　ああそうだな、それなりには慣れてきたぞ」

ラージャの街のことが、割と気に入っているのだろうか。

ライザ姉さんの表情は先ほどまでとは比べ物にならないほど明るくなった。

俺も、あの街のことはすっかり好きになってしまっている。

冒険者の街という土地柄ゆえか、よそ者でも受け入れてくる懐《ふところ》の深さがあるんだよね。

辺境独特の閉鎖性とかが、まるでないのは良いことだ。

「優しいですよね、ラージャの街って。俺なんて、もうずーっとあの街で暮らしてたような気がするよ」

「おいおい、まだほんの数か月じゃないか」

「それでも、俺にとってはもう第二の故郷みたいなもんだよ」

ラージャの街の人たちのことを思い浮かべながら、微笑む俺。

みんな優しくて、もう十年ぐらい住んでいるような感覚になってしまっている。

だがここで、ふと姉さんはあることを口にした。

「しかし……。ラージャにはあまり良くない部分もあるな」

「え？」

「何かと誘惑が多すぎるのだ。特にあの水路通りとかいう場所!!」

そう言うと姉さんはズイッと俺に顔を近づけた。

そして、やたらとドスの利《き》いた声で言う。

「ジークも、ロウガに誘われて出かけたりしていないだろうな？」

「そ、そんなことないですよ！　ええ!!」

「本当か？」

「もちろん！　嘘《うそ》なんてつかないって！」

青い顔をして、ぶるぶると首を横に振る俺。

気分を変えようとして、墓穴を掘っちゃったかなぁ……！

俺は少しばかり自らの選択を後悔したが、時既に遅いのだった。

――○●○――


「エンペラーか、ううむ……」

「十中八九、魔族の仕業《しわざ》と見て間違いないやろね」

俺たちの報告を受けたマスターとケイナさんは、それぞれに苦い顔をした。

やはり、今回の件も魔族関連と見て間違いなさそうである
マスターは腕組みをしてしばし考え込むと、やがて意を決するように告げる。

「よし。予定よりも早いが、明日出発してくれないか？」

「魔界にですか？」

「ああ、エンペラーを討伐した直後に申し訳ないのだが……」

そりゃまた、ずいぶんと急な要請である。

ウェインさんからは、出発まであと三日はあると聞かされていたのに。

それだけ、状況が切羽詰まっているということなのだろう。

俺と姉さんは突然のことに戸惑いつつも、マスターの要請を聞き入れた。

しかし、ウェインさんは不服だったのかすぐさま反論する。

「ちょっと待ってください！　魔界に行くとなれば、我々もそれなりに準備が必要です！」

「それについては、ギルドの方で手配をしよう。必要なものがあれば何でも言ってくれ」

「物資もそうですが、我々も休息をとらなくては……ねぇ？」

そう言うと、ウェインさんは同意を求めるように俺たちの方を見た。

確かに、エンペラーの討伐で魔力を消費して少し疲れてはいるけれど……。

一晩ゆっくりと休めば、十分回復する範囲だ。

こんな状況なのだし、出発は少しでも早い方がいいだろう。

姉さんとアイコンタクトをすると、彼女も首を縦に振って同意する。

「俺たちは構いませんよ」

「ああ、ことは一刻を争うだろう。急いだほうがいい」

「ぐ……！　わ、わかりました。明日、出発しましょう」

エンペラーを討伐した俺が良いといった手前、引き延ばしできないと判断したのだろう。

ウェインさんは不満を隠そうともしない態度ながらも、しぶしぶ明日の出発を了承した。

彼はマスターに深々と頭を下げると、改めて俺たちを見やる。

「では今日のところは解散だ。明日までゆっくり休んでおくといい」

「ええ、帰ったらすぐに寝ますよ」

「くれぐれも遅刻なんてしないでくれよ、ではまた」

不機嫌さを隠そうともせずにそう言うと、ウェインさんは足早に部屋を後にした。

心なしか、言葉遣いも普段より荒かった気がする。

何だろう、よっぽど休みたかったのだろうか？

疲労がたまっているのならば、素直にそう言えばいいだろうに。

俺と姉さんは互いに顔を見合わせ、首を傾げる。

「何だろうな？」

「さあ。とにかく、俺たちも早く休みましょう。明日から大変ですよ」

「そうだな。マスター、武器の調整をギルドの方でお願いできるか？」

「任せてくれ。徹夜で作業させよう」

「なら俺も、防具の整備をお願いします」

こうして武具をギルドに預けた俺と姉さんは、そのまま宿と家に戻って休むのであった。


――○●○――


その日の夜遅く。

ジークたちがもう眠りについた頃、ウェインは一人で酒を呷っていた。

もともと宵っ張りの彼は、早めに就寝しようとしても眠れなかったのだ。

その眉間には深い皺が寄り、彼の機嫌の悪さが見て取れる。

「ああ、くそ！　あの新人め……！」

酒でぼやけたウェインの脳裏に浮かぶのは、ジークのことばかりであった。

ウェインがSランクに昇格し、聖騎士となってはや数年。

これほどまでにコケにされたのは、久しぶりのことであった。

いや、ひょっとすると生涯で初めてのことかもしれない。

幼い頃より神童と呼ばれたウェインは、敗北などしらずに生きてきたのだ。

それに加えて――。

「あそこで粘ってくれれば、しばらくギルドの金で好きなだけ騒げただろうにな」

魔界に出発するまでの滞在費はギルド側が持つことになっていた。

ホテル代はもちろんのこと、食事代や小遣《こづか》いに至るまで全《すべ》てである。

Sランク冒険者だからこそ許された、ある意味で特権ともいうべき待遇だ。

ウェインはこの権利をフル活用して、街一番のホテルに泊まって毎晩のように大騒ぎしていたのだが……。

それも、ジークが素直にマスターの命令に従ったため今日で打ち切りである。

「やり返さなければ、どうにも腹の虫がおさまらんな……」

いっそ任務の最中に、事故に見せかけて何かしてやろうかとも考えたのだが。

さすがのウェインにも、冒険者としての矜持《きょうじ》というものがある。

それにその思惑が万が一にでもギルドにバレてしまえば、いくらSランクでもライセンスが剝奪《はくだつ》されるだろう。

そうなれば、苦労して手に入れた聖騎士の称号も失ってしまうに違いない。

それだけはなんとしてでも避けなければならなかった。

「そうだ。あの女を奪ってしまえば……」

ジークとともに現れたライザという女。

パーティの仲間のようだが、ジークとはずいぶんと仲が良さそうであった。

おおよそ、年の離れた幼馴染《おさななじみ》といったところであろうか。

もしそんな女を、横からウェインがかっさらってしまったならば……。

ジークの悔しがる顔が目に浮かぶようであった。

幸い、ウェインは顔がいい上に地位も金もある。

ちょっと微笑んでやれば、どんな女でもすぐに落ちることだろう。

「ふはは……！　悪くない、悪くないぞ‼」

先ほどまでの不機嫌さはどこへやら。

ジークのうろたえる様を想像して、ウェインはすっかりご機嫌になった。

彼はワインのボトルを開けると、前祝だとでも言わんばかりにグラスを傾《かたむ》ける。

そして指をパチンと弾くと、仲間の女たちを部屋に招き入れた。

「生意気な新人め、この私が目にもの見せてくれよう！　はははは……！」

「ウェイン様ったら、すっかりご機嫌なんだから」

女たちを抱き寄せながら、再び高笑いをするウェイン。

この判断のせいで、このあとさらなる災難に見舞われることとなるのだが……。

そんなこと知る由《よし》もない彼は、呑気《のんき》に笑い続けるのだった。

閑話

聖女の出立

ジークがウェインたちと共にグラスゴブリンの討伐《とうばつ》を行っていた頃。

ウィンスター王国にある聖十字教団の本部では、聖女ファムの壮行会が執り行われていた。

今回のラージャへの旅は、あくまでも秘密裏のもの。

教団の中でも、ごく一部の者にしか知らされていない。

だが聖女が動くのに何もしないわけにはいかないと、ささやかながらも式典が催された。

それだけ、教団にとって信仰の象徴たる聖女は重要な存在なのである。

「必ずや真相を究明し、辺境の地に光を取り戻してまいります！」

ファムは胸に手を当てながら、集った関係者に向かって凛々《りり》しく演説をした。

彼女の力強い言葉にたちまち拍手が湧き起こる。

百年に一人と称される神聖魔法の天才にして、神託に選ばれし聖女ファム。

聖十字教団の関係者にとって、彼女はまさしく神にも等しい存在であった。

「聖女様は本気だな」

「ああ、あれほどまでに厳しいお顔は久しぶりに見る」

ファムの言葉に熱狂する聖職者たち。

一方、普段から彼女と接している司教たちは冷静であった。

ファムの表情にただならぬ気迫を感じ取った彼らは、声を潜めて話し合う。

「今回の一件、大事に至らぬと良いのですが」

「魔族との戦争となれば、我らも出陣せねばならんでしょうからなぁ」

「恐ろしいことです、くわばらくわばら」

万が一にも魔族との戦争が始まれば、主導するのは聖十字教団である。

教団幹部である大司教たちも、いずれ前線に赴かねばならなくなるだろう。

もちろん司令部での仕事となるであろうが、戦地において安全の保障された地などどこにもありはしない。

魔族が相手ともなればなおさらで、命を落とす確率は高かった。

教えのために身を捧《ささ》げる覚悟はできている大司教たちであったが、それでもやはり死は恐ろしく、可能な限り避けたいものであった。

だがしかし——。

「ふん、何を弱気な。神の僕たる我々が、魔族ごときに恐れをなしてどうするのです！」

弱気になる大司教たちを、一人の男が一喝した。

彼の名はクメール・ハスバーグ。

大司教の中でも古参の一人で、対魔族の政策では強硬派として知られる人物だ。

この非常時においてもその気骨は健在らしく、覇気に満ちている。

「しかしですなぁ……。戦いとなれば血が流れます。それは避けるべきではないですか？」

一喝された大司教のうちの一人が、もっともらしい口調でクメールに反論した。

彼の名はアムド・エイトネス。

三年ほど前に新しく大司教に任じられた男で、何かと黒い噂《うわさ》の絶えない人物だ。

容貌からして聖職者らしからぬ肥満体で、普段の放蕩《ほうとう》ぶりが窺える。

筋肉質な身体つきをしたクメールとは、ひどく対照的であった。

「それは単に、あなたが血を流したくないというだけの話では？」

「そのようなことは。私はただ平和を愛しているのみですよ」

「信じがたいですな」

眉間に皺を寄せて、不信感を露《あら》わにするクメール。

それに対抗するように、アムドもまた目を吊《つ》り上《あ》げて険しい顔をした。

二人の間で、目には見えない火花が激しく飛び散る。

にわかに漂う剣呑《けんのん》な空気に、たちまち周囲の者たちは距離を取った。

「そもそも魔族は我々の敵です。この聖十字教団は、かつて魔族に抗する人々によって結成されたという歴史をお忘れか？」

「忘れてはおりませんとも。しかしながら、我ら人類と魔族は互いに交わりを断ち長らく平和を保ってきた。それを破る必要はあるのでしょうか?」

「向こうから仕掛けてくるというのであれば、座して死を待つことはあるまい」

「何も、まだ来るとは限らないでしょう? こちらから刺激することもないと思いますがね」

「悠長な! 来てからでは遅いのだ!」

クメールの怒号が響いた。

聖職者らしからぬ荒々しい声に、たちまち会場全体が騒然とした空気となる。

騒ぎを聞きつけて、壇上にいたファムもすぐに二人の方を見た。

「二人とも落ち着いてください! 今は内部で揉《も》めている場合ではありませんよ!」

「……聖女様が仰せられるのならば」

「致し方ありませんな。では、わたくしは用がございますので」

アムドは深々と頭を下げると、その場からゆっくりと立ち去っていった。

あとに残されたクメールは、心底忌々《いまいま》しげに歯ぎしりをした。

それを見かねたファムは、壇上から降りて彼に声をかける。

「アムドと何があったのですか? あのように声を荒らげて」

「ちょっとした意見の行き違いですよ。聖女様が気になさるようなことではございません」

「なるほど。しかし、アムドにも困りましたね。信徒の規範たるべき大司教として、もっと相応《ふさわ》しい行動をしてほしいのですが……」

　やれやれとため息をつくファム。

　アムドの素行については、日頃から彼女も悩んでいるところであった。

　特に金銭の絡《から》む噂については、真偽のほどを問《と》い質《ただ》したいところなのであるが……。

　相手は教団の大幹部である大司教、聖女であろうとも迂闊《うかつ》には触れられない。

　しっかりとした証拠が必要であった。

「ひとまず、今はそれよりもラージャ行きの件について考えるべきですな」

「そうですね。一刻も早くノアを……いえ、ラージャの地に平穏を取り戻さなければ！」

「ええ。つきましては、今回の旅に私も同行させていただきたいと思うのですが……いかがでしょう？」

「クメールが、ですか？」

　思いもよらぬ提案に、戸惑いを隠せないファム。

　しかし、大司教である彼が同行してくれるというのは何とも心強い話であった。

　加えて、クメールは戦闘においても卓越した実力を誇っている。

　神聖魔法の才こそ欠けるが、剣技においては並の騎士をはるかに上回るのだ。

　何が起こるかわからない道中、助けになることは間違いない。

「ありがたいです。しかし、良いのですか？　あなたも忙しいでしょう？」

「聖女様をお守りするためです」

そう言うと、クメールはスッとファムとの距離を詰めた。

彼はそのまま、ファムに小声で耳打ちをする。

「最近、教団内部にも不穏な噂が多い。聖女様に万が一のことがあっては、一大事ですから」

「わかりました。同行を許可しましょう」

「ありがたき幸せ」

「ではともに参りましょう！　我らが征《い》く道に光あれ！」

聖杖《せいじょう》を高々と掲げ、勇ましく号令を発するファム。

それに合わせるように、空の薄雲が割れて窓から光が降《ふ》り注《そそ》いだ。

たちまちファムの身体を神々しい光が包み込み、腰まで伸びた髪が黄金色に輝く。

その姿は、天使か女神か。

聖なるものを具現化したような聖女の姿に、信徒たちはすぐにひれ伏すのであった――。

第三話

境界の森

「これでよし！　ふぅ、間に合った！」

魔界へ出立する当日の朝。

早起きして旅の準備を整えた俺《おれ》は、額に浮いた汗を拭《ぬぐ》った。

必要と思われるものは、すべてマジックバッグに詰め込んだ。

あとは、宿の人たちに旅立つことを伝えてギルドに預けた武具を回収するだけ。

俺は早々に部屋を出ると、食堂で朝食の支度《したく》をしていた女将《おかみ》さんに声をかける。

「女将さん！」

「ジーク君かい？　今日はまた、ずいぶんと早起きだね？」

「これから泊りがけで依頼に出かけるんです。なので、しばらく宿を留守にします」

「おや、そうなのかい。気を付けて行っておいで」

「はい！　えっと、その間の料金は……」

俺が財布を取り出すと、女将さんはガハハッと豪快に笑った。

彼女はそんなものいらないよ、と笑いながら手を振る。

「贔屓《ひいき》にしてもらってるんだ、少しぐらい別にいいよ」

「でも、部屋を取っておいてもらうわけですし」

「うちはこの時期空《す》いてるから、一部屋ぐらい空けといても問題ないさ」

そう言うと、女将さんは厨房の奥にいた旦那さんに声をかけた。

するとすぐさま、威勢のいい返事が返ってくる。

「ああ、構わない。気になるんだったら、今後もうちの宿を使ってくれや」

「そうだねえ。誰《だれ》か仲間とか連れて来てくれたら助かるよ」

「……はい！　紹介しておきます！」

家のある姉さんとクルタさんはともかく、ロウガさんとニノさんにはしっかりとこの宿のことを勧めておこう。

二人が泊まっている宿よりもランクは落ちるけれど、ここはサービスがいいしご飯も美味《おい》しいんだよな。

場所がちょっとばかり奥まったところにあるせいで、あんまり知られていないのだけども。

何か機会があれば、みんなで泊まってみるのもいいかもしれない。

「じゃあ、行ってきます！」

こうして宿を出た俺は、まっすぐに集合場所であるギルドの前まで向かった。

するとそこには姉さんとウェインさん、そしてウェインさんの仲間が集っていた。

さらにそれを取り巻くようにして、道にちょっとした人だかりができている。

どうやら、Sランク冒険者であるウェインさんの噂を聞きつけて人が集まってしまったらしい。

これから秘密任務に行くというのに、こんなに目立ってしまっていいのだろうか？

俺が困ったように周囲を見回していると、ウェインさんが話しかけてくる。

「ようやく来たのかい？　こっちは待ちくたびれて、サインを十枚も書いちゃったよ」

夜のうちに、すっかり気を取り直したのだろうか？

ウェインさんはやけに調子が良さそうであった。

昨日はあれだけ不機嫌そうだったのに、いったいどういう風の吹き回しだろう。

俺が不思議に思って首を傾《かし》げると、姉さんが呆《あき》れたような顔をして言う。

「理由はよくわからんが、今日はご機嫌なようだぞ」

「ははは、辛辣《しんらつ》だね。私はただ、素敵なレディと旅を共にできるのを喜んでいるだけさ」

「……そのレディとかいう呼び方をやめてくれ。私はそういう柄じゃない」

姉さんはうんざりしたような顔をすると、ウェインさんから少し距離を取った。

するとそれに対抗するかのように、ウェインさんはススッとすり足で姉さんに近づく。

離れては近づき、近づいては離れ。

二人はその場で円を描くように、何とも奇妙な追いかけっこを演じた。

はたから見ているとは何ともシュールなのだけれど、ウェインさんは至って真剣だ。

それがしばらく続いたところで、付き合ってられないとばかりに姉さんが足を止める。

「……あー、さっさと行くぞ！　油を売っている暇など我々にはないのだから！」

そう言うと、姉さんはウェインさんを振り切ってさっさと歩き始めた。

そしてギルドの中に入ると、整備を依頼しておいた武器を受け取る。

「ほれ、ジークの剣だ」

「ありがと、ライザさん」

黒剣を受け取り、すぐさま腰に差す。

しっかり整備してくれたのだろう、鞘《さや》まで磨かれていた。

さて、いよいよ魔界への旅立ちか……。

俺は遥《はる》か西方を見やると、気合を入れるように肩を回した。

姉さんもまた、軽く足を開いて腱を伸ばす。

するとウェインさんは姉さんの肩を摑《つか》み、ノンノンと指を振った。

「まさか、歩いていくつもりかい？」

「そのつもりだが？」

「ついて来たまえ、いいものがある」

ずいぶんと自信満々な様子のウェインさん。

意気揚々と歩きだした彼に、俺と姉さんは半信半疑ながらもついていった。

そうしてギルドの裏手に回ると、そこには——。

「ほう……ランドドラゴンか！」

「すごい、初めて見ましたよ！」

裏通りを塞《ふさ》ぐかのように、どっしりと佇《たたず》む巨大なモンスター。

その大きさは、ちょっとした小屋ほどもあるだろうか。

姿形はトカゲによく似ているが、角の生えた頭と大きな顎《あご》は紛《まぎ》れもなく竜族のもの。

鈍く光る鱗《うろこ》からは、長年生きてきた生物特有の風格が感じられる。

——ランドドラゴン。

翼の退化した竜族の一種で、馬の代わりとして用いられる種である。

竜族だけあって力が強く、どんな悪路だろうと走破できる便利な騎獣だ。

もっとも飼いならすことは難しく、大食漢であるため維持費もべらぼうに高い。

そのため、通常は一部の貴族や王族しか使うことはないものだ。

「ギルドから借りたんですか？」

「いや、私の所有するドラゴンだ。どうだい、素晴らしいだろう？」

「ああ。いい体格をしているな、強そうだ」

「こいつはもともと、森で暴《あば》れていたのを私が直接捕まえたんだ。気をつけたまえ、こいつはとにかく気性が荒くてね。力を認めた主にしか従わないんだ」

そう言うと、ウェインさんはゆっくりとドラゴンに近づきその頭を撫《な》でた。

ドラゴンはグルルルと喉《のど》を鳴らすと、満足げに目を細める。

へえ、結構懐いているんだなぁ……。

俺が感心していると、姉さんが興味津々といった様子で前に出て行く。

「私にもやらせてくれ。ドラゴンは好きなんだ」

「やめておいた方がいい。さっきも言ったが、こいつは基本的に気性が荒いんだ。私に対して大人しいのは、あくまで私が強いからであって………へっ？」

姉さんが前に立つと、ドラゴンはすぐさま深々と頭を垂れた。

野生の勘で、姉さんの力量を見抜いたのだろうか？

その態度の恭《うやうや》しいことときたら、ちょっぴり哀愁すら感じさせる。

やっぱり、絶対に戦っちゃいけない相手だってわかるんだな。

「なんだ、大人しいじゃないか」

「え？　……あはは、こいつはしっかりとしつけてありますからね！　当然でしょう！」

「さっきと言ってることが、全然違いません？」

「細かいことを気にするんじゃない！　早く行くぞ！」

「あ、待ってウェイン様‼」

取り巻きを引き連れて、そそくさとドラゴンの背中に乗るウェインさん。

背中には鐙《よろい》の代わりに大きな升《ます》のようなものが置かれていて、なかなか快適そうであった。

こうしてみんながドラゴンに乗り込んだところで、ウェインさんが勇ましく号令をかける。

「さあ、いざ行くぞ!!」

「グルルルゥ!!」

咆哮《ほうこう》を上げて、走り始めたランドドラゴン。

こうして俺たちは、一路魔界へと向かうのであった――。


―○●○―


「あれが境界の森……なんだか、ずいぶんと禍々《まがまが》しい気配を感じますね」

ランドドラゴンを走らせること三時間ほど。

俺たちはいよいよ、境界の森の目の前までやってきた。

まだ日も高いというのに、森の向こうには仄暗《ほのぐら》い空が広がっている。

魔界は瘴気《しょうき》に遮《さえぎ》られて陽光の差さない土地だと聞いたことがあるが、その影響がこちらにまで及《およ》んでいるらしい。

「嫌な風だな、微《かす》かにだが瘴気を孕《はら》んでいる」

「ええ。ですが安心してください、こんなこともあろうかと、聖石を用意してもらってますから！」

そう言うと、ウェインさんは懐《ふところ》から白く輝く小さな結晶を取り出した。

瘴気避《よ》けとして、よく用いられる聖石である。

かなり貴重な物で、効果範囲も限られているのだけれど……。

驚いたことに、ウェインさんはそれを小袋から溢《あふ》れるほどに持ち込んでいた。

ギルドの伝手《つて》を使って、大量に確保していたようだ。

「おお……。すごいですね」

「これだけあれば、魔界の瘴気にも対抗できるでしょう」

「でも、そんなにもったいないですよ！　高かったですよね？」

俺がそう尋ねると、ウェインさんは「それはもう」と顎を擦《こす》った。

そして、何故《なぜ》だか得意げな顔をして答える。

「百万ゴールドほどはかかりましたね」

「ひゃ、百万！　やっぱりもったいないですって！」

「パーティの安全のためには仕方のないコストでしょう。なーに、そのぐらい私がその気になれば――」

「聖石の代わりに、俺がサンクテェールを使いますよ。そっちの方が効果も高いですし」

「な、なに⁉　キミはそんな魔法まで使えるのかい？」

やけに大げさな仕草で驚くウェインさん。

聖騎士ならば、別にそう珍しい魔法でもないだろうに。

そもそも、ウェインさん自身は使えないのだろうか？

俺が疑問に思っていると、やがて彼は気を取り直したように咳払《せきばら》いをした。

「……まあ、そういうことなら素直に世話になりましょう。私ももちろん使えますが、魔力を温存しておきたかったのでね」

「なるほど、そうだったんですね！」

「たったそれだけのために、聖石をこれほど大量に用意したのか？」

むむむっと怪訝《けげん》な顔をするライザ姉さん。

するとウェインさんは、一瞬困ったような顔をしつつもすぐに切り返す。

「なにせ、我々が行くのは魔界ですよ。いつどこで何が起きたっておかしくはない。力はできるだけ温存しておかねば、いざという時に困る！」

「そ、その通りです！　ウェイン様の言う通り！」

「ライザさんは、魔法を使わないのでわからないだけですわ！」

ウェインさんをフォローするように、彼の仲間たちが口々に声を上げた。

しかし、こうも一斉に取り繕われるとかえって胡散臭《うさんくさ》さが増してしまう。

彼はやっぱり、サンクテェールを使えないんじゃないか？

姉さんもそう思ったのか、眉間《みけん》の皺《しわ》が一層深くなった。

「……あはは、そんなに怖い顔をしないでください。さ、ジーク君頼みますよ」

「は、はい！」

ウェインさんに促され、俺はすぐにサンクテェールを掛けた。

白い光が生じて、聖域が周囲に漂う瘴気を押し出す。

「ふぅ、ちょっとすっきりしましたね」

「これなら、この森も快適に切り抜けられそうだな。さすがだ、ジーク！」

「いや、そんな褒《ほ》められるほどのことはしてないよ」

姉さんに褒められて、俺は何とも照れ臭い気分になった。

ラージャに来てからというもの、ライザ姉さんの態度は確実に柔らかくなっている。

特にここ数日、ウェインさんと行動をするようになってからは妙に褒められることが多かった。

理由はよくわからないのだけれど……。

まあ、機嫌がいい分には害はないので良しとするか。

一方で、ウェインさんの方は怒りを誤魔化《ごまか》すように笑顔を引き攣《つ》らせていた。

「……まあ、これで瘴気は凌《しの》げるとしてもです。襲い掛かってくる魔物までは防げませんからね。もし何か来た時は、私が仕留めましょう！」

そう言うと、ウェインさんは自信ありげな表情で剣の柄を擦った。

Sランク冒険者だけあって、その姿はとても様になっているのだが……。

言った相手が剣聖の姉さんでは、あまり締まらなかった。

というかウェインさん、口では姉さんのことを立てているようだけれど……。

もしかして、実力についてはまだよくわかってないのだろうか？

立ち居振る舞いだけで、異常に強いってわかりそうなものだけどなぁ。

「わかった、頼りにしておくとしよう」

「ええ、大いに頼ってください。ついでに言っておくと、注意すべきなのは魔物だけではありませんよ」

「ほう？」

「何でも、境界の森の木の中には人を食べてしまう食人樹もあるのだとか」

へえ、そんなのがいるのか……。

さすがは魔界へと通じる森、植物まで人を襲ってくるとはシャレにならないな。

この話には、さすがの姉さんも少し険しい顔をした。

いくら何でも、森中の木々を切り倒しながら進むわけにもいかないし。

「それは厄介《やっかい》だな。見分け方などはあるのか？」

「簡単です。奴《やつ》らは火を怖がるそうですから、近づければ一発ですよ」

腰のマジックバッグを漁《あさ》ると、ウェインさんは松明《たいまつ》を取り出した。

そしてそれを俺と姉さんに手渡すと、パチンッと指を弾いて自身のそれに火を点《つ》ける。

ボウッと空気の揺れる音がして、たちまちほのかな熱気が伝わってきた。

すると……何やら急に森がざわめき始める。

「なんだろう？　風？」

「いや、そんなの吹いてないぞ……」

「やだ……怖い……！」

急に騒がしくなる森に、動揺する一同。

それに呼応するようにランドドラゴンが首をもたげた。

そして、何かを威嚇《いかく》するように低い唸《うな》りを上げる。

これは間違いない、モンスターが俺たちに近づいてきているんだ！

「うわ、木が！」

「噂《うわさ》をすれば影というが……。さっそく当たりを引いたようだな」

「そんなこと言ってる場合じゃないですよ！　この数は……！」

俺たちの目の前で、次々と動き出す森の木々。

その様はまるで、緑の津波のようだった……!!

ない。

――○●○――


「こりゃ厄介だな！」

さながら、森全体が動いているかのようであった。

以前にも悪霊の森でトレントの群れと遭遇したことはあったが……あの時以上の数かもしれない。

しかも、木の一本一本がはるかに大きかった。

これはひょっとすると、トレントの上位種であるマーダートレントかもしれない。

人の生き血を養分にするとされる、極《きわ》めて凶悪な食人植物だ。

「さながら、境界の森の番人といったところですね。簡単には行かせてくれないようだ！」

「どうする？　ここで迎え撃つか？」

「私にお任せを。伐採してやりますよ！」

そう言うと、ウェインさんはドラゴンの背を飛び降りた。

そして縦横無尽に襲い来る枝や蔦を、見る見るうちに剣で切り裂いていく。

さっすが、Ｓランク冒険者！

その獅子奮迅《ししふんじん》ぶりに、たちまち仲間の女性たちから歓声が上がる。

「ウェイン様、さすがです！」

「そんな木の群れ、さっさとやっつけちゃってください！」

「ははは！　よく見ていてくれたまえよ！」

歓声に応じて、手を振る余裕を見せるウェインさん。

……前々から思っていたのだけれども。

ひょっとして、ウェインさんの連れている女性陣って応援のためだけにいるのかな？

前はサポーターとか言っていたけれど、特に補助魔法とかを掛けたり荷物を持ったりしている様子もないし……。

まぁ、応援のために魔界まで行くってそれはそれで気合の入った集団だけれども。

俺は半ば呆れつつも、ちょっとばかり感心してしまう。

「はあぁぁっ！　でやあああっ!!」

何だかんだ、応援が効いたのかトレントの群れを次第に押し返していくウェインさん。

やがて一段落着いたところで、彼は姉さんの顔を見てニッとウィンクをした。

自身の活躍ぶりに相当の自信があるのだろう、白い歯を輝かせてひどく自信ありげである。

しかしここで、トレントたちの反撃が始まった。

「ん？　あれは……？」

「木の実？」

ヒュルヒュルと音を立てながら、無数の何かが飛来した。

あれは……見たところ、木の実だろうか？

綺麗《きれい》な放物線を描いたそれらは、地面に着弾するや否《いな》やボンッと音を立てて破裂した。

そして中から、得体の知れないガスのようなものが噴出する。

それに触れた途端、若木が色を失って枯れた。

地面を這《は》っていた虫も、ガスを吸い込んだ途端にころりと転がる。

「ひぃっ⁉　ウェ、ウェイン様ーー‼」

「くっ！　まさかこんな飛び道具を使ってくるとは！」

「ウェイン！　剣圧を調整して、あの実を割らずに打ち返せ！」

とっさに指示を飛ばす姉さん。

しかし、それを受けたウェインさんは戸惑ったような顔をした。

そしてすぐさま、姉さんに非難めいた眼差《まなざ》しを向ける。

「そんな無茶苦茶な！　ここは退却して、対応策を考えましょう！」

「そうですよ！　うわっ⁉」

木の実の一つが、ランドドラゴンの足元に落ちた。

たちまちガスが噴出し、ドラゴンは唸《うな》りをあげて後退する。

当然ながら、その背中の上は大揺れ。

たちまち上へ下への大騒ぎとなってしまう。

「落ち着け！　ええい、こうなったら私がやる！」

「ね……ライザさん⁉」

見ていられないとばかりに、姉さんが飛び出していった。

その予想外の行動に、ウェインさんはたちまちぎょっとしたように声を出す。

「ライザ殿！　何をなさるつもりですか⁉」

「言っただろう？　あの実を打ち返すまで！」

「ですから、そんなことができるわけ……」

「はあああぁっ‼」

再び、トレントたちが一斉に木の実を放った。

気迫一閃《きはくいっせん》、姉さんは眼に映らぬほどの速さで剣を抜き放つ。

伝わる衝撃波。

たちまち、こちらに向かっていた木の実のすべてが弾《はじ》き飛ばされた。

しかも、そのすべてが割れることなくトレントたちの方へと戻っていく。

時を逆転させたかのようなその動きは、まさしく神業《かみわざ》としか言いようがなかった。

「グゴゴゴゴオオッ‼」

木の実から放出されるガスは、トレントたち自身にも有効だったようだ。

なるほど、それで自分たちに被害が来ないように飛ばしてたわけか。

奴らは植物らしからぬ悲鳴をあげながら、右へ左へと逃げ惑う。

こうして、周囲を埋め尽くすほどのトレントたちは瞬く間に逃げて行ってしまった。

強い者には逆らわないということが、本能としてあるのだろう。

驚くほどに素早い撤退ぶりである。

「なんだ、あっけないな」

拍子抜けしたように、やれやれと肩を落とすライザ姉さん。

コキコキと首を鳴らして、まだまだ暴れたりなさそうな様子である。

それを見たウェインさんは、白昼夢でも見たかのように瞼《まぶた》を擦る。

「ラ、ライザ殿……!?」

「ん？　どうかしたのか？」

「ず、ずいぶんとお強かったんですね。高名な騎士だとは伺《うかが》っていましたが」

「そうか？　これぐらい、熟達した剣士ならばできるだろう。なぁ？」

俺の方を見て、話を振ってくる姉さん。

うーん、そうだなぁ。

さすがにあれをそのまま真似《まね》するのは厳しいけれど……。

「八割ぐらいなら、俺でも返せますね」

「む、何だその自信のなさは。そこは全部返せます、だろう？」

「いや、さすがにそこまでは。絶対いくつか漏《も》れるから」

「未熟者め。それぐらいできるようになっておけ」

「あはははは……………。なかなか、厳しい方のようだね」

そう俺に言う。ウェインさんの顔は、何故だかひどく青ざめていた。

ひょっとして、ガスを少し吸い込んでしまったのだろうか？

唇も青く、先ほどまで覇気に満ちていたのが嘘《うそ》のように元気がない。

「大丈夫ですか？　ずいぶんと具合が悪そうですけど」

「な、何でもない。それより、早く先に進もうじゃないか」

そう言うと、ウェインさんはランドドラゴンの頭をポンポンと叩《たた》いた。

それに応じるように、ドラゴンは首をもたげるとゆっくりと歩き始める。

こうして俺たちは、魔界を目指して森の中を進んでいくのだった。

閑話

その頃のクルタたち

ジークたちが境界の森を進んでいた頃。

要人の護衛を担当することになっていたクルタたち三人は、ギルドに呼び出されていた。

これまで保安上の都合で伏せられていた警護対象の詳細が、いよいよ明かされる時が来たのである。

重要人物だとは聞いていたが、果たしていかなる人物なのか。

クルタたち三人は、揃《そろ》って緊張した面持ちでマスターの言葉を待った。

「それで、お前たちに護衛してもらう対象なんだがな」

「誰《だれ》なんだい？」

「聖十字教会の聖女様とお付きの大司教様だ」

「そりゃまた……！」

三人が予想していたよりも、さらに数段上を行く重要人物だった。

聖十字教団の聖女ともなれば、その権力は大国の王にも匹敵《ひってき》する。

まして、大司教までもが同行するとあればなおさらだ。

もし万が一のことがあれば、ギルドと教団の間で戦争でも起きかねない。

「全力を尽くしてほしい。絶対に聖女様を守り抜いてくれ」

「もちろん！　聖女様を誠心誠意、お守りするよ！」

「任務に不足なし」

「腕が鳴るってもんだ！　しかし、聖女様か……」

そう言うと、ロウガさんは軽く腕組みをしながら顎《あご》を擦った。

聖十字教団の聖女ファムは、大陸でも屈指の美女と名高かった。

健康な男としては、一度はお目にかかってみたかった相手である。

――もしこの任務をうまくこなせば、ひょっとすると聖女様と良い感じになれるかも。

ロウガがそんな妄想に浸っていると、その背をパシンッとニノが叩く。

「こんな時に何を考えているんですか？」

「ははは、すまんすまん！」

「まったく……」

すっかり呆《あき》れ顔をするニノ。

ベテランの余裕か、はたまた単に危機感がないだけなのか。

彼女がやれやれと肩をすくめたところで、クルタがマスターに尋ねる。

「それで、ボクたちはこれからどうすればいいのかな？　先方が来るのを待って、合流すればいいのかい？」

「うむ、実はなのだがな。警護については、ある程度距離を保ってほしいそうなのだ」

「何でまた？　それじゃ、いざっていう時にすぐ駆け付けられないぞ？」

「今回の聖女様の来訪は、あくまでも秘密裏のこと。大々的に護衛をつけて、目立ちたくないらしい」

「ですけど……」

どうにも渋い顔をするクルタ。

自身の腕に自信がないわけではないが、やはりどうしても距離があると危険は大きくなる。

そして、ラージャの街は決して小さな田舎町《いなかまち》などではない。

それなりの数の建物が存在する都会であり、時には聖女一行が視界の外に出てしまうこともあり得た。

「聖女様自身、強力な神聖魔法の使い手だ。傍《そば》に控える大司教殿も、剣の達人だという。よほどのことがない限りは大丈夫という判断なのだろう」

「そうはいっても、矢で狙《ねら》い撃《う》ちなどされたら困るだろう？」

「そのリスクは当然あるわけだが……。どうも、こちらをあまり信用していないようでな」

「むむ……！　それって、ボクたち冒険者のことを下賤《げせん》の輩《やから》とか思ってるってこと？」

ギルドの長年の尽力もあって、高ランク冒険者はそれなりの社会的地位を得ていた。

S級ともなれば、貴族に準ずる扱いを受けることもある。

しかし、冒険者の中には素性《すじょう》の知れない流れ者などが多いのもまた事実。

貴族や権力者たちの一部は、そのことから冒険者を下賤の者として嫌っていた。

「いや、そういうわけではない。教団の方でも、何やらごたついているようでな。ひょっとすると裏切り者が出るかもしれないということで、可能な限り聖女様に人を近づけたくないらしいのだ」

「裏切り者？　そいつは穏やかじゃねえな。いったい、何が起きてるんだ？」

「そうだね。あの聖十字教団に限って、そんな」

「……私もさすがに詳しいことまでは知らん。教団内部でも、一部の者しか知らされてはいないことらしいからな。言っておくが、君たちもこのことを絶対に漏《も》らすんじゃないぞ」

声を低くして、凄みを効かせるマスター。

万が一にも情報漏洩が起きた場合は、ギルドの代表として相応の処置を取るつもりなのだろう。

その迫力に、クルタたちは揃って深々とうなずいた。

「聖女様は明日、一般の依頼人を装ってギルドを来訪される予定だ。私が合図を出すから、ギルドを出たらすぐに警護を始めてくれ。くれぐれも、周囲にそれと気付かれないようにな」

「わかった。それで、聖女様は何日ぐらいこっちに滞在する予定なの？」

「それについてはこちらの情勢次第といったところだ。あまり長くなるようであれば、ギルドの方から交代の人員を用意させてもらう」

「了解、さすがに根回しがしっかりしてるね」

「当然だ。もし何かあれば、私の首どころじゃすまないからな」

そういうマスターの声は、平静を装ってはいたが微《かす》かに震えていた。

もし、聖十字教団の聖女に万が一のことがあったら。

想像するだけでも恐ろしい事態である。

最悪、ラージャの街が物理的に消失しかねない。

クルタたちにも、その緊張感はすぐに伝わったのだろう。

彼女たち三人は、ただ黙って深々とうなずく。

「じゃあ、そろそろ失礼します」

「ああ、くれぐれも頼んだぞ」

こうして執務室を後にしたクルタたちは、廊下に出てすぐにやれやれとため息をついた。

大変な依頼になるという予想は、彼女たちもしていたのだが……。

まさかこれほど重要なものだったとは、思いもしなかった。

「いよいよ、きな臭くなってきたな」

「ですね。魔族はもちろんですが、教団内部で揉《も》め事があったなんて」

「ま、組織なんてものはデカくなりゃ揉めるものさ。それよりも俺《おれ》は、これほどの大事が俺たちに任されていることの方が不思議だ」

そう言うと、何事か考え込むようなしぐさをするロウガ。

言われてみれば、これほどの一大事である。

クルタたちも十分に高ランクの冒険者だが、こういう時こそSランク冒険者の出番であるはずだった。

「……単に、目立つからでは？　Sランク冒険者がいれば、悪目立ちするでしょう」

「あー、そう言えば今朝《けさ》も聖騎士がめちゃくちゃ目立ってたからね」

人に囲まれたウェインの姿を思い出しながら、ポンと手を叩くクルタ。

良くも悪くも、Sランク冒険者というのは個性が強く華がある。

隠密性を求められる仕事には、およそ向いているとは言い難《がた》かった。

しかし、ロウガはまだ腑《ふ》に落ちないのか煮え切らないような顔をしている。

「それだけの理由かねえ……」

「ま、何にしてもボクたちは聖女様を守るだけだよ」

「そうだな。ははは、燃えてくるじゃねーかよ」

そう言うと、陰鬱《いんうつ》な気分を吹き飛ばすかのように笑うロウガ。

その声は、人気のない廊下に大きく響くのだった――。

「はあああっ!!　せいっ!!」

押し寄せてくる狼《おおかみ》の群れ。

黒く艶《つや》やかな毛並みをし、金色に眼《め》を輝かせる魔狼ブラックウルフである。

その強さはBランクに相当し、一頭でも村が一つ潰《つぶ》れてしまうとされる強敵だ。

この魔狼が、十頭以上もの群れを成してこちらに押し寄せてきている。

まったく、境界の森っていうのは本当にとんでもない場所だな……!!

「君たちはここでドラゴンを守ってくれ！　前線は私が防ぐ！」

「いや、それには及《およ》ばん。はあああっ!!」

しかし、その魔狼ですら姉さんの前ではそこらのゴブリンと変わらなかった。

姉さんはドラゴンの背を降りると、斬撃《ざんげき》を飛ばして狼の群れを切り払う。

たちまち斬撃の嵐《あらし》が吹き荒れ、血が飛沫《しぶき》となって舞った。

「あはは……お強いですねえ……」

姉さんの暴《あば》れぶりを見て、乾いた笑みを浮かべるウェインさん。

その顔は微《かす》かにだが、引き攣《つ》っているようであった。

まあ無理もない、初めて見る人にはいろいろと刺激が強いからなぁ……。

ぶっちゃけ、俺《おれ》でもちょっと驚いている。

「これで一段落だな。森を抜けるには、あとどれくらいだ？」

「まだまだ、三分の一にも達してません」

「さすがに長い道のりだな。ドラゴンを走らせても、それほどかかるのか」

「この境界の森は、大陸を東西に分ける大樹海ですからね。まだまだほんの序の口です。それに……」

もったいぶるように、何やら間を持たせるウェインさん。

何だろう、この森にはほかに何かが潜んでいるとでもいうのだろうか？

俺と姉さんは、揃《そろ》って顔つきを険しくする。

「この境界の森には、三つの難所がある。一つ目が白霧の海、二つ目が緋石《ひせき》の長城、そして三つめが黒夜の林です。我々はまだ、そのどこにも達していない」

「いずれもずいぶんと、迫力のある名前ですね……」

「特に、二番目の緋石の長城は魔族たちの待ち構える関所です。そこを超えれば、完全に魔界に入ることになります。我々は使者ですが、すんなり通れるかどうか……」

ウェインさんがそう言い澱《よど》んだところで、にわかに霧が漂い始めた。

霧は見る見るうちにその濃さを増していき、周囲の景色が白に沈み始める。

まさしく一寸先は闇《やみ》……いや、白。

自分の足元すら、見ることがおぼつかない状態となってしまう。

「これが白霧の海か。なかなか厄介《やっかい》な場所だな」

「ええ。霧に紛《まぎ》れて襲ってくる魔物はもちろん、迷ったら先へ進めませんよ」

「ううむ、どうしたものか……」

腕組みをしながら、眉間《みけん》に皺《しわ》を寄せるライザ姉さん。

いかに腕が立とうとも、遭難を防ぐための役には立たない。

まさしく、思案のしどころであった。

「ひとまず、今日のところは少し戻って休息をとりませんか？　夜にここを抜けるのはさすがに無理ですよ」

俺は既に暗くなりつつある周囲を見ながら、皆に提案をした。

霧のせいでどこに太陽があるのかすらわからないが、既に夜が近い。

魔物の襲撃で疲労もたまってきているし、ここを夜に突き進むのは自殺行為に思えた。

「もっともですね。よし、少し戻ったところで野営としましょうか。準備はしてきているので、ご安心を」

「それは助かる。早めに休むとしよう」

こうして俺たちは、少し戻ったところで野営の準備をするのだった。

―○●○―


「参ったな、まさかライザがあれほど強かったとは」

その日の夜半過ぎ。

寝ずの番を自ら買って出たウェインは、ライザとジークが寝たところで愚痴をこぼした。

ライザが高名な騎士であるという話は既に聞《き》き及んでいたのだが。

まさか、境界の森の魔物をも難なく倒してしまうほどだとは思わなかった。

おかげで、魔物に襲われているところを助けて惚《ほ》れさせるという計画は完全にご破算。

それどころか、ウェイン自身がたまにライザに助けられている始末だ。

「このままでは、この私が恥をかきっぱなしではないか……！」

腕組みをしながら、ギリギリと歯ぎしりをするウェイン。

このままでは汚名を濯《そそ》ぐどころか、恥の上塗りである。

何としてでも、ジークとライザにSランク冒険者の力を見せつけてやらねばならなかった。

それも、できるだけ早くに。

「ウェイン様、それでしたらモンスター討伐《とうばつ》以外の部分で実力を見せつけては？」

怒りに震えるウェインに怯《おび》えながらも、仲間の女性の一人が提案した。

彼女はそのまま白霧の海が広がる方角を見やると、少し声を潜めて言う。

「あの二人は、白霧の海に対する策が特にない様子でした。ウェイン様が颯爽と道を示してやれば、すぐに頼ってくるかと」

「なるほど。それはありかもしれんな」

そう言うと、ウェインは懐《ふところ》から小さな時計のようなものを取り出した。

これは特殊な魔力計の一種で、針の先端が常に魔力の強い方角を指示する仕組みになっている。

この大陸において最も魔力の強い場所は魔界の深奥であるため、基本的には常に東側を示す優れものだ。

境界の森を歩くに当たっては必須のものだが、あえて彼はそれをジークたちには知らせていなかった。

「ふふふ……いろいろ聞いておいて正解だった。やはり旅は準備がものをいう」

「ええ。多少腕が立ったところで、最後は戦略に優れたものが勝ちますわ」

「ははは！　そうとわかれば、勝利の前祝だ」

そう言うと、ウェインは再び魔力計を懐にしまった。

そして女たちを自身の両脇《りょうわき》に侍《はべ》らせると、手を這《は》わせてその肉感を堪能する。

だらしなく緩《ゆる》み切った顔は、明日の勝利を確信していた。

だがしかし……。

「こういう時は、魔力感知ですね」

「え？」

「森の東の魔界から強い魔力が発せられているので、それに従って歩けば抜けられますよ」

「そうか。頼んだぞ、ジーク！」

ジークはウェインの見知らぬ魔法を使い、霧の中を進み出すのだった――。


――○●○――


「……そんなこと、本当にできるのか？」

魔力探知を頼りに、白霧の海を進み始めた俺たち。

しかしその俺の行動に対して、何故《なぜ》かウェインさんはひどく懐疑的な様子だった。

魔力探知なんて、魔法使いならごくごく基本的な能力のはずだけど……。

ひょっとして、見たことないのだろうか？

「魔力探知は基本的な技術ですから。魔法使いならだいたいできると思いますよ」

「私の知っている魔力探知は、そんなに便利なものではなかった気がするが……。せいぜい、周囲に敵がいないか判別するぐらいのことしかできなかったはずだ」

「え？　それはちょっと……」

使う人の腕が、あまり良くなかったのかもしれないなぁ。

魔界から発せられる魔力は相当強いから、それなりの魔法使いなら探知は容易《たやす》いだろう。

たぶん、シエル姉さんならそのほかに周囲の地形なども正確に測れるのではなかろうか。

もっとも、常に魔力を垂れ流すことになるので燃費はあまり良くないのだけども。

「とにかく、早く先へ進みましょう。サンクテェールと魔力探知の両方を維持し続けるのはきついので」

「あ、ああ。そうだな……」

「敵は私が何とかするから、お前は探知に専念しろ」

「助かるよ、ライザさん」

こうして俺たちは、ランドドラゴンを走らせて森を駆けた。

時折、霧の中から得体の知れない魔物が飛び出してくるのだが……。

そのことごとくが、あっという間に姉さんの剣の錆となった。

どうやら、このあたりに生息している魔物は力量そのものはたいしたことがないらしい。

霧に乗じて奇襲するのを防ぐことさえできれば、姉さん一人でどうとでもなるようだ。

もっとも、姉さんがどうにかできない魔物なんてほぼ存在しないわけだけれども。

「んおっ⁉　なんだ⁉」

「どうした？　おい、しっかりしてくれ！」

こうして順調に進んでいると、ランドドラゴンがいきなり足を止めた。

もしかして、急に具合でも悪くなってしまったのだろうか？

慌てて下に降りてその足元を確認すると、太い蔦《つた》のようなものが絡《から》みついていた。

まさか、また植物系の魔物か⁉

慌てて松明《たいまつ》を手に周囲を確認するが、特にトレントなどの姿は見られない。

代わりに、どこからか低い唸《うな》り声が聞こえてくる。

「この声は……猿か？」

「言われてみれば、そんな感じの声ですね」

「この蔦、よくよく見れば粗末な網のようだな」

あまりにも作りが原始的であったため、すぐには気付かなかったのだが。

太い蔦が編まれたそれは、何者かの手で作られた罠《わな》のようであった。

どうやら、先ほどからこちらを威嚇《いかく》している猿たちが作ったものらしい。

「知恵のある魔物ってわけか。これは面倒かもしれないな」

「ええ、場所が場所ですしね」

周囲は深い森、それも霧によって視界が覆《おお》われている。

木々の間を縦横無尽に駆け抜ける猿と戦うには、最悪に近い環境だった。

「むっ！　よけろ！」

何かを察知し、身を翻《ひるがえ》した姉さん。

その眼前を丸太のような何かが通り抜けていった。

あれは……投げ槍《やり》か！

それも、大きさと速度が半端《はんぱ》ではない。

木をそのまま引き抜いたような槍を、風が唸るほどの勢いで投げつけてきている。

「ウホッ！　ウホホッ!!」

「く、姿が見えん！　どこから飛ばしてきているのだ……？」

「うごっ!?」

「ウェインさん!?」

ウェインさんに投げ槍が直撃し、そのまま吹き飛ばされてしまった。

幸い、防具のおかげで大事には至っていなさそうだが……。

このままじゃ、かなり厄介なことになりそうだ。

「ジーク、この霧を一時的にでも吹き飛ばせないか？」

「無理だよ。ライザさんの方こそ、斬撃を全方位に飛ばして薙《な》ぎ払えないの？」

「できるが、そんなことしたらそこら中の魔物が集まって収拾がつかなくなる！」

周囲を見渡し、渋い顔をするライザ姉さん。

ここは境界の森のど真ん中、何が潜んでいるかわからない場所だ。

いくら姉さんやウェインさんがいるとはいえ、過剰に騒ぎを起こして敵をかき集めるのは避けたい。

それこそ、ドラゴンの群れが湧《わ》いて来たっておかしくない土地なのだ。

だがここで、ウェインさんが不意にとんでもない大声をあげる。

「歯が、歯が折れてるううぅ!!!!」

ドラゴンの背から落ちた際に、顎《あご》を地面に打ち付けてしまったらしい。

ある意味でトレードマークのようだった白い歯が、一本折れて抜け落ちていた。

それがよっぽどショックだったのか、彼はさながらマンドラゴラのような恐ろしい叫びをあげ続ける。

お、おいおい⁉

こんなところでそんなデカい声を出したら、とんでもないことになるぞ‼

即座に止めようとするが、時すでに遅し。

そこかしこから、猿の唸り声が響いてくる。

「ウホホッ！　ウホウホッ‼」

「囲まれましたね……！　全方位から声が聞こえる……‼」

「全く何てことしてくれたんだ！」

「す、すまない！　取り乱した！」

何とか平静さを取り戻し、俺たちに謝るウェインさんだがもう遅い。

四方八方から、投げ槍と投石の嵐が襲い掛かってきたのだった——！


—○●○—


「ちぃっ‼　この霧の中では、さすがにやりにくいな！」

襲い来る投げ槍を剣で叩き落としながら、顔をしかめる姉さん。

この程度の攻撃、いつもの彼女ならば苦も無く対処するだろう。

だがここは見通しが利かない深い森の中。

しかも、周囲には乳白色の霧が立ち込めている。

周囲数メートル程度の視界では、さすがの姉さんも動きづらいようだった。

「きゃっ‼」

「ウェイン様～～‼」

切り払われた投げ槍の一部が、ウェインさんの仲間の女性たちへと飛んだ。

思わぬ危機に、彼女たちはたちまち声をあげて騒ぎ出す。

ああ、もう!!

ウェインさんのせいでしっちゃかめっちゃかだよ!

俺は思わず頭を抱えながらも、恐慌状態に陥《おちい》る女性たちをなだめる。

「大丈夫、ちゃんと攻撃が来ないように守りますから! とにかく落ち着いて!!」

「そんなこと言われても、安心できませんわ!!」

「そ、そうですわよ! もし万が一のことがあったら、どうしてくださるの!?」

「だったら、どうしてお前たちはこんなところまでついて来たのだ! 危険は承知の上だろう!」

騒ぎ立てる女性たちを、姉さんが一喝した。

その圧倒的な迫力に気圧《けお》され、たちまち場が鎮まる。

「過酷な旅にこのような者たちを連れてくるとは。ウェイン殿、いったい何を考えているのだ?」

「それは……彼女たちは、私のサポート要員で……」

「具体的に、どんなサポートを受けているのだ?」

「え、えっとですね……」

しどろもどろになってしまい、まともな返答ができないウェインさん。

その弱り切った表情は、とてもSランク冒険者のものとは思えなかった。

ううーん……これはちょっとなぁ……!!

あまりに情けない姿をさらすウェインさんに、俺は何とも言えない気分になった。

しかし、今はそれよりもこの難局を乗り切ることが先決だ。

俺は頬《ほお》をパシパシと叩《たた》くと、気を取り直す。

「とりあえず、このままじゃまずいですよ！　一気に突っ切りましょう！」

「そうだな、ひとまず話はあとにしよう」

「よし、任せてくれ！」

そう言うと、ウェインさんはランドドラゴンの肩を叩いた。

ドラゴンは大きく頭をもたげると、ぐんぐんと歩調を速めていく。

さすがは下級と言えども竜族、本気を出すとかなりの速度が出るようだ。

霧の中であるため正確にはわからないが、そこらの馬よりもよほど速いかもしれない。

「ははは！　これがランドドラゴンの本気だ!!」

「どうだ？　やつら、追いかけてきてるか？」

「うーん、姿が見えませんけど……。ちょっと、静かにしてもらえますか？」

「わかった、皆も協力してくれ」

ウェインさんに促され、彼の仲間の女性たちも声を潜めた。

たちまち、ドラゴンの足音や木々のざわめく音が大きく聞こえる。

俺はさらに風魔法を使うと、周囲の微かな音をかき集めた。

「追ってきてますね。後ろから声がします、結構な群れですよ」

「振り切れそうか？」

「厳しいかも……。敵の動きが早いです」

木々の間に垂れ下がる蔦。

それを利用して、振り子のように森を高速で移動しているらしい。

ビュンビュンと風を切る音が、微かにだが聞こえた。

この分だと、数分も経《た》たないうちにこちらに追いついてくるだろう。

「やはり迎え撃つしかないか？」

「敵の位置が正確にわかれば、何とかなるんでしょうけど……ん？」

ここでふと、俺は気付いた。

そもそも、あの猿たちはどうやってこっちの居場所を摑《つか》んでいるんだ？

狙《ねら》いの付け方からして、かなり正確に把握しているようであるが……。

今俺がしているのと同じように、音で探っているのだろうか？

「ウェインさん、ドラゴンを止めてもらえますか！」

「バカな。こんなところで止めたら、それこそ猿どもに囲まれてしまう！」

「お願いします！　どっちにしろ、このまま走ったところで逃げ切れませんよ！」

「ええい、どうなってもしらんからな！」

ウェインさんは半ば自棄《やけ》になりながらも、俺の提案を受け入れてくれた。

彼がポンポンと頭を叩くと、ランドドラゴンは唸りを上げてその巨体を制止させる。

前足がわずかに浮き上がり、ふわりとした感覚が背中の上の俺たちを襲った。

「おっとと……。それで、どうするつもりなんだ？」

「奴《やつ》らがどうやってこちらの居場所を探っているのか調べるんです。そりゃっ!!」

俺は黒剣を抜くと、剣身に風を纏《まと》わせた。

そうして出来上がった小型の竜巻のようなものを、斬撃にのせて飛ばす。

たちまち暴風が吹き荒れ、付近の音がすべてかき消されてしまう。

「あとは、これでどうなるか……!!」

音を頼りに俺たちを探っているのなら、これで居場所がわからなくなってしまったはずだ。

さて、猿どもはどう出てくるかな？

俺たちは息を殺し、向こうの反応を待った。

するとしばらくして――四方八方から、投げ槍が飛んでくる。

その狙いは、先ほどまでと変わらず正確無比。

直線を描く軌道は、俺たちの頭を貫かんとしていた。

ギリギリでそれに気付いた俺たちは、剣でどうにか弾《はじ》き飛ばす。

「ちぃッ！　音じゃない!!」

魔法の暴風が吹き荒れ、叫び声すらかき消される状況である。

物音からこちらの居場所を察知することなど、いかに魔物といえども困難だろう。

となれば、何かしら別の方法でこちらを探っているに違いない。

「それさえわかれば、あいつらをうまく操《あやつ》れるのだけど……!!」

「おい、どうするんだ!?」

ひどく焦《あせ》った顔で、こちらに質問を投げてくるウェインさん。

俺も十中八九、あの猿たちは音を頼りにして動いていると思っていた。

そうでないとわかった今、とっさにうまい策が思いつかない。

「もう一度逃げるぞ！　ウェイン、ドラゴンを出せ！」

「待った！　もう囲まれちゃってますよ！」

「ならばどうする？　さすがに、私もお前たちをそう何度も守り切れんぞ！」

そう言うと、苦虫を噛《か》み潰したような顔をする姉さん。

俺やウェインさんだけならまだしも、こちらには戦えない女性と図体のでかいランドドラゴンがいる。

それを投げ槍の嵐から守り続けるのは、さすがの姉さんも厳しいようだった。

もちろん、森への被害を度外視すればできなくはないのだろうけれど、それをやると厄介なことになってしまうし。

「ここはいったん、俺が風で防ぎます！　その間に対策を考えましょう！」

そう言うと俺は、再び黒剣に魔力を集めて呪文《じゅもん》を詠唱した。

吹き抜ける風が渦を巻き、俺たちの周囲をすっぽりと包み込む。

こうして展開された風圧の壁は、見事に猿たちの放つ投げ槍を弾き返《かえ》した。

へし折れた投げ槍が、風によってどこへともなく吹き飛ぶ。

木の欠片《かけら》が内部に入ってくるものの、とりあえずはこれで大丈夫だろう。

それを見たウェインさんは、心底感心したように目を見開いた。

「なんだ、これがあれば無敵じゃないか！　どうして早く出さなかったんだ！」

「風で身を守ったところで、動けなくてはじり貧ですよ。当面はこれで凌《しの》ぐにしても、すぐに打開策を考えないと……」

「この調子だと、魔力はどのぐらい持ちそうだ？」

「サンクテェールも同時に発動しているから……。あと二時間か三時間ですかね」

「ううむ、あまり良くないな……」

ウェインさんが聖石を大量に持ち込んでいるため、俺が魔力を使い切っても瘴気《しょうき》に侵されるような事態にはならないだろう。

しかしながら、ここは境界の森である。

できることならば、魔力を使い切るようなことは避けたいところだ。

いつ何時、強敵が現れて魔法が必要になるかわからないのだから。

「とにかく、奴らが何に反応しているのか割り出さないと」

「音でないとするならば……魔力か？　奴らも魔力探知をしているとか」

「それはあり得ますね。だったら、いい方法がありますよ」

俺はそう言うと、マジックバッグの中からいくつかの魔石を取り出した。

そして、それを火打石のように思い切りぶつけ合う。

バァンッと弾ける音。

眼に見えない衝撃波が迸《ほとばし》り、視界が一瞬ちらついた。

魔石の衝突によって、周囲の魔力が大きく乱れたのである。

魔力でこちらの動きを察知しているならば、これでほぼわからなくなったはずだ。

「んぐ、何か頭がくらくらとするな……」

「魔力酔いですね。しっかりしてくださいよ、ライザさん。これから結界を解いて様子を見ますから」

「わかった、頼む」

姉さんが剣の柄《つか》に手を掛けたところで、俺は結界を解除した。

たちまち風の音が収まり、周囲に静寂が戻ってくる。

さあ、来るのか来ないのか！

にわかに緊張が高まり、額に汗が浮いた。

そして――。

「ウホオオオンッ!!」

「おいおい、来るぞ!!」

「魔力探知じゃないのか!!」

ここが攻め時だと判断したのだろうか。

猿たちは一斉に槍や石を投げつけてきた。

その狙いは先ほどまでと同様に研ぎ澄まされていて、俺たちの頭を打ち抜かんとしている。

クソッ、これは予想外だったな……！

攻撃の嵐を凌《しの》ごうと剣を振るうが、やがて防ぎきれずに一発貰《もら》ってしまう。

「ぐっ!!」

「大丈夫か!?」

「平気、大したことないよ！」

投石が胸に当たってしまったが、鎧を着ていたおかげで大事には至らなかった。

けれどこのままでは、誰《だれ》かが斃《たお》れるのも時間の問題である。

早いところ結界を張り直して、体勢を立て直さなくては……！

「ライザさん！　少しの間、俺の分まで引き受けられますか！」

「私を誰だと思っている。ちょっと剣を貸せ」

そう言うと、姉さんは俺の黒剣をスッと持って行ってしまった。

手数の少なさを二刀流で補うつもりらしい。

そんなことできるのか……と思ったのも束の間。

あの重い黒剣を、片手だけで目にもとまらぬ速さで振るってみせる。

もう片方の剣と合わせると、さながら手が四本ぐらい生えているかのような状態だった。

「さすが、よくあの重量を……！」

「これを重いと感じているようでは、まだまだ修行が足りんぞ」

「そんなこと言えるの、姉さんぐらいじゃないかなぁ……」

「それより、早く結界を張れ！」

いけないいけない！

滅多《めった》に見られない二刀流だったので、ついつい見入ってしまった。

俺は呪文を詠唱すると、再びドラゴンの周囲に風の結界を展開する。

媒体となる黒剣がないため、先ほどよりも少しだけ時間がかかってしまった。

「……どうにか持ったな。怪我《けが》はないか？」

「ええ、何とか。軽い打撲ぐらいかな」

「こっちも無事だ。しかし、振り出しに戻ってしまったね」

顔をしかめるウェインさん。

音でもない魔力でもないとなると、猿たちはどうやってこちらを探っているのか。

どうにも想像がつかなかった。

一方で猿の方も、風の防壁で身を守る俺たちを攻めあぐねているようであった。

攻撃の嵐が収まり、ホウホウと囁《ささや》き合うような声が聞こえる。

「……ん？」

しばらくして、急に猿たちが騒ぎ始めた。

木々が揺らぎ、ざわざわと葉擦れの音がする。

やがて俺たちを取り囲んでいた猿は恐慌状態に陥り、奇声を上げ始めた。

「ウホホッ!!　ウホーーッ!!」

音だけでわかるほど、凄《すさ》まじい勢いで撤退していく猿たち。

理由はさっぱりわからないが、ひとまずはこれで助かったと思ったのも束の間。

猿たちと入れ替わるようにして、巨大な何者かが姿を現す。

「へ、へび!?」

「なんてデカさだ……!!」

霧の向こうから現れた影は細く長く、さながら森を覆いつくすようであった。

蛇だ。

それも、ドラゴンをも丸呑《まるの》みにしてしまうほどの大蛇が姿を現した――。

「こんなの、一体どこにいたんだ⁉」

「バカな……‼」

驚きのあまり、声を引き攣《つ》らせる俺たち。

森を覆いつくすほどの大蛇が迫ってきていたというのに、全く気付かなかった。

物音もしなければ、魔力の気配もしなかったのである。

たまたま猿たちが近くにいて騒がなければ、いきなり食われていたかもしれない。

どうやらこの蛇、魔力を隠蔽《いんぺい》する能力を持っているようだ。

「どうする？　倒すか⁉」

「倒すかって、こいつ……！」

問いかけてくるウェインさんに対して、俺はすぐに返事をすることができなかった。

全く得体の知れない相手である。

下手に刺激をするのも、危険なように思われたのだ。

姉さんもそう感じたようで、剣を手にしたまま敵を観察している。

「これは、さすがに少し骨が折れそうだな……」

姉さんがそう言ったところで、大蛇はその顎を大きく開いた。

眼が金色に輝き、剣のような牙《きば》が怪しく光る。

あんな牙で噛《か》みつかれたら、毒の有無以前に即死だろう。

その鋭さときたら、鉄板だって貫いてしまいそうなほどだ。

「シャアアアッ‼」

「くっ……！　避けろ」

鎌首《かまくび》をもたげ、大蛇はこちらを威嚇《いかく》するように声を発した。

そしてにわかにとぐろを巻くと、勢いよく木々の間から飛び出してくる。

……こんなバカでかいやつ、風の壁ぐらいじゃどうにもならないな！

とっさにそう判断した俺たちは、全速力でその場から退避した。

直後、ドォンッと重い音が響く。

「あああああっ‼　私のゼピュロス号があああああっ‼」

その場にいた人間は、全《すべ》て退避することができた。

ウェインさんの仲間の女性たちも、姉さんに抱えられて無事である。

だがしかし……さすがの姉さんも、ランドドラゴンにまでは手が回らなかった。

大蛇の牙が、逃げ遅れたドラゴンの鱗《うろこ》を容赦なく貫く。

「グアアアアッ‼」

「おい、しっかりしろ！　まだ、ローンの支払いが残っているんだぞ⁉」

倒れたドラゴンに駆け寄ると、ウェインさんはその頭を乱暴に揺らした。

しかし、ドラゴンは閉じた瞼《まぶた》を開くことはない。

牙の刺さった箇所が悪く、どうやら即死に近い状態だったようだ。

溢《あふ》れ出した血が地面を濡《ぬ》らし、赤と白のコントラストが描かれる。

「そんな、私のゼピュロス号が……！　三千万もしたのに……！」

「く、厄介なことになったな……」

「ええ……。足がなくなっちゃいましたね」

そう言うと俺は、目を閉じて軽く十字を切った。

本来ならきちんと供養してやりたいところだけれど、今はそれどころではない。

早くあの大蛇を何とかしなければ、今度はこちらが殺されてしまう。

俺たちは互いに背中合わせになると、再び霧に隠れた大蛇を見つけるべく注意を凝らした。

……どこだ、一体どこにいる？

山や丘を一周できそうなほどの巨体を誇る割に、大蛇は驚くほど静かに動いた。

ひょっとすると、自重を軽くするような魔法でも使っているのかもしれない。

周囲をぐるりと囲まれてしまった俺たちは、大蛇の頭がどこにあるのかすら、どうにも読み取れない。

「くそ……！　この蛇、俺たちをもてあそんでないか？」

「……獲物はゆっくりと時間をかけて食べる主義なのかもしれんな」

「こうなったら、斬《き》るより他はあるまい。飛撃!!」

剣を振り、斬撃を飛ばす姉さん。

真空の刃は森の木々や枝を打ち払いながら、たちまち蛇の巨体に殺到した。

鋼がぶつかったような硬い音。

衝撃が木々を揺らすが、大蛇の鱗は砕けなかった。

岩をも砕く姉さんの斬撃に耐えるとは、こりゃ大した大物だな……！

「ちっ！　ならば、私の奥義《おうぎ》を……！」

「待って姉さん！　あの蛇、かなり強力な毒を持ってるみたいだ。迂闊《うかつ》に吹き飛ばすと、厄介なことになるよ！」

そういうと俺は、倒れたランドドラゴンの方を見た。

その鱗はどす黒く変色し、痛々しい傷口からは瘴気のようなものが漏《も》れている。

明らかに毒を受けた兆候だ、それも魔王でも殺せそうなぐらいのやばい奴を。

「まったく、面倒だな……！」

「できるだけ、追い払う方向でいこう」

そうは言ったものの、この巨大な蛇を相手にいったい何ができるというのか。

次第に距離を詰めてくる大蛇に対して、俺たちはじりじりと追い詰められていった。

緊迫感が高まり、額に大粒の汗が浮く。

やがてそれが頬を伝って肩に落ち……。

「……つめた！」

思わぬ感触に、たまらず声が出てしまった。

いつの間にか周囲の気温が下がり、汗が冷えるほどになっていたらしい。

よくよく見れば、木々の幹や葉にも霜のようなものが付着していた。

これはひょっとして……あの蛇の影響か？

「そうか、氷だ！　あの蛇、自分の身体を薄い氷で覆ってるんだ！」

「なるほど。魔力を帯びた氷で身を守っているわけだな」

「ええ。それで姉さんの斬撃に耐えられたんですよ。加えて、そうだとすればさっきの猿たちの行動にも説明がつきます」

温度を敏感に察知し、それを元に狩りをする爬虫類がいるという。

恐らくあの猿たちも、気配を消す蛇に対抗してそのような能力を獲得したのだろう。

音を消そうが魔力を消そうが、俺たちの居場所を容易に発見できたわけだ。

この俺の予測に、姉さんやウェインさんは納得したようにうなずいた。

だがすぐに、険しい表情へと戻る。

「それがわかったところでどうする？　さすがに温度で動きを察知することなど、私でもできんぞ」

「そうだ、結局じり貧のままじゃないか！」

期待を裏切られたとばかりに、声を荒らげるウェインさん。

それに同調して、取り巻きの女性たちも声を上げる。

ドラゴンの背中という居場所がなくなってしまったせいだろう。

ウェインさんに寄り添う彼女たちの表情も必死だった。

俺はまああと皆に落ち着くように促すと、自身の考えを述べる。

「敵が氷を使うとわかった以上、やりようはありますよ。氷を扱う魔物は、ほとんどの場合で火に弱いんです。だから……」

俺は黒剣を地面に突き刺すと、精神を落ち着かせて魔力を練り上げる。

威力は大きく、されど精度はできるだけ高く。

森の中という場所柄、この魔法を扱うには細心の注意が必要だった。

そして――。

「大地の底より来たれ、ヴォルカン!!」

俺たちを囲むようにして、深紅《しんく》の火柱が立ち上がったのだった。

「シャアアアアッ⁉」

俺たちを取り囲むように、地面から吹き上がった紅炎《こうえん》。

そこから発せられる熱を受けて、たちまち大蛇は悲鳴のような声を上げた。

やはり、氷の魔力を使うだけあって炎は苦手らしい。

その怯《おび》えぶりはひどく、地面を揺らしてのたうち回る。

「シャアア、シャアアアアッ‼」

最後にこちらを一睨《にら》みすると、大蛇はゆっくりとその場から去っていった。

熱で氷が解けたのか、ズルズルと何かが這うような重い音が響く。

やがてそれがすっかり聞こえなくなり、周囲に静寂が戻った。

やれやれ……どうにかなったみたいだな。

猿も大蛇も、ひとまず俺たちの周りからいなくなったようだ。

「何とか、一難去ったな」

「ええ。全く恐ろしい魔物でしたね」

「これからどうします？　ドラゴン、いなくなっちゃいましたけど」

俺はそう言うと、女性たちの方へと眼を向けた。

すると彼女たちは、涙目になりながら訴えかけてくる。

「私たち、こんな森の中を歩けませんわ！」

「そうです。まさか、こうなるとは思ってなくて」

「……まったく、困ったものだな」

女性たちの反応を見て、互いに顔を見合わせる俺と姉さん。

装備や身のこなしを見るに、彼女たちの実力は初心者より少し上と言ったところだろうか。

流石《さすが》に完全な素人《しろうと》というわけではないようだが、境界の森を歩くには力不足だ。

放っておけば、すぐにでも魔物の餌《えさ》にされてしまう。

「ウェイン殿が連れてきたんだ。責任は取ってくれ」

「わかった、私が何とかしよう。君たち、決して私から離れないでくれ」

ウェインさんがそう呼びかけると、すぐさま女性たちは彼にべったりとくっついた。

よほど恐ろしかったのだろう、その勢いときたらウェインさんが潰れてしまいそうなほどである。

「とにかく、早いうちにこの霧を抜けてしまいましょう。また奴らが来ても、今なら対応できますから」

そう言うと、俺はポッと指先に火を灯《とも》した。

温度で敵を察知するとわかっているならば、誤魔化《ごまか》しようはいくらでもある。

俺はひとまず魔力探知を再開すると、姉さんと二人で皆を先導していく。

「ジーク、魔力に余裕はあるか？」

「少しなら何とか」

「あの女たちにヒールを掛けてくれ。このままでは霧を抜ける前に日が暮れる」

「わかった」

俺はすぐに魔力を練り上げると、女性たちの方へと振り返った。

やがて掌から発せられた癒《いや》しの魔力が、小さな光の粒となって降《ふ》り注《そそ》ぐ。

するとたちまち、女性たちは驚いたように目を見開いた。

「すごい……！　疲れが全部取れましたわ！」

「身体が軽い、ずっと走れそう！」

先ほどまでの疲労困憊《ひろうこんぱい》した様子から一変して、元気が有り余る女性たち。

それを見たウェインさんは、少しばかり戸惑った顔をした。

魔法を掛けた本人である俺ですら、予想以上の効果にちょっと驚いている。

ただのヒールがこれだけ効くなんて、よっぽど疲れがたまっていたのだろうか？

「ジーク、いったいどれだけ魔力を込めたんだ？」

「え？　えーっと、ねえ……ライザさんに掛ける時ぐらいの基準で」

「待て、私基準で掛けたらそうもなる！」

あ、それもそうか！

ついつい何時ものやり方でやってしまったが、相手が普段とは全く違うのだ。

ライザ姉さんの人間とは思えない身体を基準に魔法を掛ければ、そうもなる。

「む、何か今失礼なことを考えなかったか？」

「そんなことはないよ！」

「顔が青いぞ？　……まあいい、この様子なら少し歩くのを速めても大丈夫そうだな」

そう言うと、姉さんは軽く準備運動のような仕草をした。

そして「ほっ！」と息を吐くと、思い切り足を前方に踏み出し――。

「のわっ⁉　はやい、速すぎですって‼」

猛烈な勢いで、すっ飛んでいくライザ姉さん。

それを呼び止めようと、俺は慌てて声を張り上げるのだった。


――○●○――


「走りすぎですよ！」

「ははは、すまなかった。だがおかげで、夜になる前に抜けられたではないか」

それから進み続けること数時間。

俺たちは無事に霧の海を抜けることができた。

一時はどうなることかと思ったが、どうにかなったな。

ランドドラゴンが犠牲になってしまったのはつらいが、死人が出ることがなくて本当に良かった。

「今日はこのあたりで休みましょうか」

「ああ。あそこなんていいんじゃないか？」

森の真ん中に大きな倒木があり、その周囲がちょっとした空き地となっていた。

視界が利いて、いざという時に対応がしやすそうである。

俺たちはさっそくそこにテントを張り、火を焚《た》いて野営の準備をした。

そうして日も暮れてきたところで、一息ついたウェインさんが尋ねてきた。

「……なぁ。君たち、本当はいったい何者なんだ？」

「へっ？　いったい何ですか、藪《やぶ》から棒に」

思いがけない問いかけに、俺は変な声を出してしまった。

まさか、姉さんの正体がバレたのだろうか？

俺がとっさに目配せをすると、姉さんもまた怪訝《けげん》な顔をする。

「私たちがどうかしたのか？」

「高名な騎士だと聞いてはいたが、流石に強すぎるだろう？　ジーク君にしたってあまりにも多才だ、これでただの冒険者だとはとても思えない」

そう言われた姉さんは、ふむと顎に手を当てた。

まさか、ここで正体をばらしてしまうのか？

それもありだとは思うが、さすがにちょっとまずいんじゃ……。

俺が動揺していると、ここで姉さんは思いもよらぬことを言い始める。

「……むしろ、ウェイン殿が弱すぎるのではないか？」

「へ？　な、何をおっしゃるんですか！」

「そうですよ、そんなこと言ったら失礼ですよ！」

「では聞くが、なぜウェイン殿はあの女たちをここまで連れてきた？」

「それは、私のサポートをしてもらうためで……」

痛いところをつかれたとばかりに、声が小さくなるウェインさん。

うわぁ、こりゃ辛いな……。

姉さんに責められるウェインさんを見て、俺は以前の自分を思い出した。

ウィンスターの実家にいた頃は、こうやっていつも絞られていたんだよな。

怒られる理由は、ウェインさんとは全然違っていたのだけどもさ。

「サポート役か。ということは、ウェイン殿はサポート役がいてその程度なのか？」

「そ、その程度⁉　何を言うかと思えば……！」

「その程度はその程度だろう」

「バカな。私はSランクなんだぞ‼」

ウェインさんの声がにわかに大きさを増した。

姉さんの一言が、よっぽど気に障《さわ》ったらしい。

顔は上気し、額から湯気が上がっているようにすら見えた。

しかし、姉さんの方は至って冷静な口調で言う。

「そもそもだ、そのSランクということがな……」

「まさか、私が不正をしてSランクになったとでも？　言っておくが、それは断固としてないぞ！」

そう言い切るウェインさんの眼は、とても嘘《うそ》を言っているような雰囲気ではなかった。

彼にもやはり、冒険者としてのプライドというものがあるのだろう。

「しかしなぁ……」

「まあまあ！　ライザさん、それは言いすぎですよ！」

「む、そうか？　だが、ここで言っておいた方が後々ウェイン殿のためにもなると思うぞ」

そういう姉さんの顔は、先ほどまでとは一転して実に無邪気なものだった。

本当に、ウェインさんのためを思って説教しているつもりだったようである。

言いたいことはよくわかるのだけど、さすがに旅の最中にこうまで詰めるのはどうなのか。

もしウェインさんの精神が崩れたりしたら、明日以降に響いてしまうし。

時と場合というものを、もっとよく考えてほしい。

「今日はこれぐらいにしときましょう。明日もありますから、ライザさんは早めに寝てください」

「……仕方ないな、わかった」

やれやれと引き下がった姉さん。

彼女はもぞもぞと寝袋の中に入ると、すぐに眠りについてしまった。

「…………一応、礼を言っておきましょう」

「あ、ええ。どうも」

「ですが、庇《かば》ってもらわなくても私一人で切り抜けられました。ほ、本当です！」

そう言うと、ウェインさんもまたさっさと床についてしまった。

このまま、二人の溝が拡大しないといいのだけれども。

どっちもどっちで、ちょっと良くない点があるからなぁ……。

こうして寝ずの番をする俺の胃は、少しキリリと痛むのであった――。

閑話

聖女様の人助け

時は少し遡《さかのぼ》り、ジークたちが境界の森へ旅立つ前のこと。

聖女ファムたち一行は、ラージャの手前にある宿場町へと差し掛かっていた。

以前に、賢者シエルが立ち寄ったのと同じ場所である。

小さいながらもそれなりに栄えた街で、通り沿いには露店なども出ていた。

「見てください！　ワイバーンの串焼きですって！」

「ほう、脂が乗っていてなかなか旨そうですな」

「こっちは果物の盛り合わせ！　綺麗《きれい》ですねえ！」

「ええ、まあ」

ここ数年、一人で買い物することなどほとんどなかったファム。

彼女は露店を覗《のぞ》いては、普段は見ることのない食べ物や商品に眼を輝かせる。

一方、彼女の警護を担うクメールたちは気が気ではなかった。

露店が出ているということは、それだけ人出があるということ。

人混みに紛《まぎ》れた刺客が、ファムを狙《ねら》うことは十分にあり得るのだ。

「そろそろ宿に戻りましょう。明日も早いですから」

「あともう少しだけ。こんな機会はめったに……あら？」

不意に、通りの人混みが割れた。

ファムたちが何事かと思っていると、煌《きら》びやかな法衣を着た集団が歩いてくる。

十字の紋章が描かれたミトラを被っていることからして、彼らも聖十字教団の聖職者のようだった。

「街の教会の方でしょうか？」

「恐らくは。しかし、ずいぶんと羽振りがよさそうですな」

男たちの着ている法衣は、教団が支給している物よりもはるかに上質な物であった。

規則として、自費で衣装を購入することは認められているのだが……。

それにしても、小さな街の聖職者としてはいささか分不相応に見えた。

「ちょっと、ついて行ってみましょうか」

「ええ、気になります」

こうしてファムたちが追いかけていくと、聖職者たちはとある商家の前で立ち止まった。

なかなかの大店《おおだな》のようで、数十人もの奉公人たちが忙しく働いているのが見える。

彼らは聖職者たちの来訪に気付くと、すぐに手を止めて丁重に頭を下げる。

「今日もご苦労様です、ニーゼ様」

「うむ。アナスタシア殿の容体はいかがかね？」

「正直に申しまして、あまり芳《かんば》しくは……」

そう言って、顔を曇らせる男。

会話の内容からして、この商家の家族に病人がいるようである。

この聖職者の男は、どうやらその治療に当たっているようであった。

教団に属する聖職者としては、ごくごく一般的な活動だ。

「なるほど。そうなると、薬をもう少し増やす必要がありますな」

「あの、本当にアナスタシアは治るのですか？　すでに二回も増量していますが……」

「聖十字教団の奇跡が、信じられないとでも？」

「いいえ、滅相もございません！　アナスタシアがこれまで命をつないでこられたのも、教団のおかげだと信じておりますから！」

そう言うと、男は深々と頭を下げて平伏した。

大店の主人とはとても思えないような態度である。

それを見た聖職者たちは、ふむふむと満足げにうなずく。

「よろしい、では今日の薬代として五十万いただきます」

「ま、待ってください！　これまで三十万だったはずですよ！」

「処方する量が増えたのですから当然でしょう」

「しかし、その値段は余りにも……」

男たちに対して委縮しながらも、主人は金を出すことを渋った。

一か月分なのか、はたまた一週間分なのか。

いくら大店の主人とは言え、決して少なくはない金額である。

いきなりの増額に、すぐに応じられないのも無理はなかった。

「払えないというのであれば、薬をお渡ししないだけです。ですが、それでいいのですか？　この薬がなければ、アナスタシア殿は三日と持ちませんぞ」

「そ、そんな！　は、払います！　すぐに払わせて──」

「ちょっとお待ちを！」

主人が慌てて手代に金を用意させようとしたところで、見ていられなくなったファムが飛び出した。

クメールはすぐさま彼女を止めようとするものの、時既に遅し。

いきなり現れた見知らぬ少女に、誰《だれ》もが戸惑った様子を見せる。

「何かね？　我々も忙しいのだが」

「聖十字教団において、薬や治癒の代金として受け取って良いのは十万までという規定があったはずです」

「その通りだが、実費がかかる場合は別になっている。この薬は大変高価なもので、我々としても利益《りえき》などほとんどない」

「では、その薬の主成分は何です？　見たところ、何かを練って作った丸薬のようですが」

ファムにそう問いかけられ、聖職者たちの顔色が変わった。

しかしすぐに気を取り直すと、軽く咳払《せきばら》いをして答える。

「……満月熊の肝《きも》だ」

「おかしいですね。満月熊の肝は、主に精力剤の材料ですよ」

「体力を向上させる作用もあります！　アナスタシア嬢は身体が弱っていましたから」

「ですが、それだけでは一時的に回復しても全く根治にはつながらないですよね？」

聖職者たちの顔色が、ますます悪くなった。

その額にじんわりと脂汗が滲《にじ》む。

そんな彼らの様子を見て、主人もさすがにおかしいと感じたのだろう。

声を震わせながら、不安げな様子で尋ねる。

「この薬を飲んでいれば、いずれ必ず良くなるとおっしゃいましたよね？　違うんですか？」

「…………うむ。あくまで、良くなる可能性があると言っただけです」

「可能性⁉　そんな、話が違うじゃないか！」

「そちらが都合よく勘違いをしたのでしょう？　我々の方からお約束したことはありませんよ！」

そう言って、聖職者たちは縋《すが》り付いて来た主人の手を振り払ってしまった。

彼らはそのまま立ち去ろうとするが、すかさずその前にファムとクメールが立《た》ち塞《ふさ》がる。

「どいていただけませんか？　私どもはこれでも忙しいので」

「よくもぬけぬけと。この教団の恥晒《さら》しめ」

クメールの発言に、聖職者たちの眼が吊《つ》り上《あ》がった。

彼らはファムたちとの距離を詰めると、低く凄《すご》みのある声で言う。

「そのようなことを言われても困りますな。これでも私は、この町の教会を預かる司祭です。それなりに立場がありますので、あらぬ噂《うわさ》が立ってしまっては困るのですよ」

「あなたが司祭……ですか？　記憶では、この町の司祭はもっと高齢の方だったはずですが」

「二年ほど前に代替わりしまして。今ではこのニーゼが司祭を務めております」

「なるほど、先代の地位を継いだというわけか……」

聖十字教団の組織は、一部の大都市を除いて地域密着型である。

中央から派遣されてくる人物ではなく、その土地で生まれ育った人物が教会を運営するのが通例だ。

教団では妻帯も許されていることから、一部の地域では教会運営が世襲化されている。

どうやら、この街もその一部地域に含まれていたようだ。

「もちろん、中央からの承認も既に受けておりますよ」

「これは……審査が甘かったのかもしれないな」

「ええ。地元の推薦があれば、滅多《めった》なことでは落としませんし」

「ぶ、部外者が何をわかったようなことを言っているのです。早く、どいてください！」

このまま二人に問い詰められては、ろくなことにならないと自分でもわかったのだろう。

ニーゼはファムたちを強引にどかすと、そのまま歩き去って行ってしまった。

あとに残された二人は、やれやれと深いため息をつく。

「まったく、困ったものですね……」

「宿に戻ったらすぐ対応しましょう。そのままにしておくわけにはまいりません」

「仰せのままに」

深々と頭を下げるクメール。

慈悲深い聖女であるファムだが、内部の不祥事には非常に厳しかった。

ニーゼはほぼ間違いなく司祭を解任され、教団を追われることになるだろう。

もしかすると、これまでの悪行《あくぎょう》の責任を問われ牢に繋《つな》がれることになるかもしれない。

「……しかし、その前に彼のしたことの責任を果たさなくては」

「そうおっしゃられますと？」

「私があのニーゼという司祭の代わりに、お嬢さんの状態を見ましょう。もしかすると、何とかなるかもしれません」

そう言うと、ファムはゆっくりと主人の方に向き直った。

「娘さんの様子を、見せていただけませんか？　我々も、聖十字教団とそれなりにつながりのある者でして。もしかすると、助けになることができるかもしれません」

その微笑《ほほえ》みにどこか安心感を抱いた主人は、彼女の提案にゆっくりとうなずいた。

そしてファムとクメールを家の中へと招き入れる。

「こちらが、娘の部屋です」

こうして二人が主人に案内された先は、何とも立派な子ども部屋であった。

窓際に天蓋《てんがい》付きの大きなベッドが置かれ、隅にはぬいぐるみが山のように積まれている。

そして壁には、各地の風景を模写した絵画が一面に並べられていた。

部屋を出ることのできない娘のために、主人が特注で造らせたものだろう。

よく見れば、それらの絵画には共通して白い服を着た少女が描き込まれている。

「へぇ……！　愛情の籠《こも》った良いお部屋ですね！」

「ははは……。私が娘のためにしてやれることといったら、これぐらいのことでして」

主人がそう謙遜《けんそん》したところで、ベッドに横たわっていた少女がゆっくりと起き上がった。

彼女が、件《くだん》のアナスタシアらしい。

年の頃《ころ》はまだ十歳そこそことといったところであろうか。

黄金の巻き毛がふわりと揺れ、大きなアイスブルーの瞳が輝く。

鼻の作りは小さく、ぽってりとした唇が愛らしかった。

さながら、ビスクドールのような可愛《かわい》らしい少女である。

「お父様、この方たちは？」

「えっと……」

「こんにちは、私はイリーナ。教会の方から参りました」

微笑みを浮かべながら、つらつらとそれらしいことを言うファム。

イリーナというのは旅立つ前に決めた偽名である。

今から二百年ほど前に活躍した聖女の名前で、今では定番の女性名の一つだった。

「シスターさんなの？」

「ええ、そんなところですよ」

「ふぅん……。それなら、アナの病気を診に来たの？」

「その通り。なかなか賢いですね！」

そう言ってファムが笑うと、アナスタシアは布団《ふとん》をはだけて上着を脱いだ。

医者や聖職者が来たらこうすると、行動パターンが既に決まっているようだ。

「このまだら模様は……」

「はい、ある時から背中に現れたものです。これが体内の魔力の循環を乱し、やがては全身が動かなくなって死に至るのだと……」

「私も初めて見ますね。ですがこの感じ、病というよりは呪《のろ》いに近いかもしれません」

痛々しい痣《あざ》を擦《こす》りながら、沈痛な面持ちをするファム。

薬が効いているおかげか、アナスタシアはいくらか元気そうに見えるが……。

その身体はいつ意識を失ってもおかしくないほどに弱っていた。

ニーゼが言っていたこともあながち嘘《うそ》ではない。

早々に治療をしなければ、アナスタシアが死に至るのは確実だろう。

「今まで何人ものお医者様や魔導士様に見ていただいたのですが……。皆、手に負えないとさじを投げてしまって」

「それで、最後に教会を頼ったと？」

「はい。そしたら、ニーゼ様が良い薬があるとおっしゃられて。藁《わら》にもすがる思いで、ろくに確かめもせず言われるがまま購入したのですよ。今思えば、私としたことが商人失格です」

大店の主《あるじ》だけあって、本来は優秀な商人なのだろう。

もしこれが家族と関係のない話であったら、すぐにニーゼの嘘を見抜いたに違いない。

しかし、さすがの彼も娘の命がかかわることとあっては目が曇ってしまったらしい。

真一文字に結ばれた唇からは、悔しさが溢《あふ》れるかのようだった。

「やはり、難しいですか？　魔導士様の話では、何とかできるとすれば聖女様ぐらいだとか」

「聖女様なら、何とかできるんですか？」

「はい。ですがそのようなことを言われても、私どもではとてもとても……」

聖女に治癒を依頼することなど、一介の商人にはおよそ不可能であった。

大陸最大の宗教として君臨する聖十字教団。

その聖女を動かすことは、どれほど金を積もうとそう簡単ではないのである。

だがしかし、この主人とアナスタシアは非常に運が良かった。

今アナスタシアを診ているイリーナこそが、その聖女自身なのだから。

「私なら何とかできる……。レジレクションを使えということですかね……」

「はい？」

「いえ、こちらの話です。それより、少しでいいので部屋を出てもらえますか？　この子に治療を施したいのですが、あまり人に見られたくないので」

「へ⁉　治療できるのですか⁉」

驚きのあまり、口をパクパクとさせる主人。

これまで、数年にわたって懸命に娘の治療法を探してきたのである。

それがこうもあっさりとできると言われてしまえば、茫然とするのも無理はなかった。

しかし、驚く主人をよそにファムはあっさりとした口調で告げる。

「ええ。すぐに根治できますよ。見たところ生命力が弱まっていく病ですが、そこまで複雑なものでもないので」

「そ、そうなのですか……？」

「はい、任せてください！」

ドンッと胸を叩《たた》くファム。

その勢いに押されて、主人は半信半疑ながらも部屋を出て行った。

「では私も、失礼いたします」

「あなたは別に残っていてもいいのですよ？」

「主人についていてやろうかと思いまして」

それだけ告げると、クメールは一礼して部屋を去っていった。

……そういえば、彼はファムが神聖魔法を使う時は何かと理由をつけてその場から離れていたような。

ファムはふとそのようなことが気になったが、今回は特に不自然な理由でもないので黙っておく。

「では始めますよ。ちょっと熱いかもしれませんが、我慢してくださいね！」

「はい、お願いします！」

ファムは少女の背中に自らの手を重ねた。

そしてゆっくりと深呼吸をして、体内の魔力を練り上げる。

自然と一体化し、その生命力を汲み上げて少女に注《そそ》ぎ込むようなイメージで。

魔力の流れを整え、少女と自身の間で魔力を大きく循環させる。

やがてその手が金色に輝き始めると、ファムは朗々と呪文《じゅもん》を紡《つむ》いだ。

「天より注ぎし光、地より溢れる恵みの水。三界を巡る命の波動よ、この手に集《つど》いて――」

光は次第に強さを増し、明滅を始めた。

そのあまりの輝きに、周囲から色が失われる。

そしてそれが最高潮に達した瞬間、爆発《ばくはつ》するように光が弾けた。

「ひゃっ⁉」

全身を駆け抜けた熱に、少女は思わず声を上げた。

だがその直後、身体を蝕《むしば》んでいた痛みが溶けるようにして消えていく。

それはさながら、春を迎えて雪が解けるかのごとし。

痛みに代わって身体を満たした心地よい暖かさに、少女はうっとりと表情を緩《ゆる》める。

「これで、もうすっかり良くなりましたよ」

「本当？　もう、痛くはならないの？」

「ええ、もう大丈夫。今は身体が弱っているけれど、すぐに良くなるから」

そう言うと、ファムはアナスタシアの頭をゆっくりと撫《な》でた。

そして彼女をもう一度寝かせると、足音を立てないようにゆっくりと部屋を出る。

「娘は⁉　娘はどうなりましたか⁉」

扉から出ると、すぐに主人が声をかけてきた。

娘のことをよほど心配していたのだろう、顔が涙に濡れてグシャグシャだ。

彼は制止するクメールを振り切り、ファムに縋《すが》り付く。

「大丈夫ですよ、すっかり良くなりましたから」

「おお、おお……!!　私も、娘の様子を見ていいですかな⁉」

「ええ。治療を終えて休んでいるので、起こさないようにしてくださいね」

ファムがそう言い終わらないうちに、主人は扉を開けて中に入っていった。

そして数分後。

無事に部屋から出てきた彼は、天を仰《あお》いで祈りを捧《ささ》げた。

その晴れ晴れとした顔は、喜びと感謝を全身全霊で表しているかのようだ。

「神よ……！　今日ほど感謝したことはございません……！」

「喜んでいただけたようで、何よりです」

「そうだ、お礼をせねば！　おい、誰か！」

主人はパンパンと手を叩くと、近くにいた手代を呼びつけた。

そして大きな麻袋を取り出すと、それを押し付けるようにして手代に手渡す。

「急いで金庫に行って、これいっぱいに金貨を詰めて来てくれ！」

「この大袋にですか⁉」

袋の大きさに、驚きを隠しきれない手代。

この袋にいっぱいの金貨となれば、恐らく一千万にはなるだろう。

いくら大店の主人とは言え、そうそう簡単に出すような金額ではない。

「かまわん、急げ！」

「は、はい！」

「あ、あの！　お金でしたらいりませんよ！」

「へ!?　いや、そういうわけにはまいりませんよ！　商人として、何かをしていただいたからには相応の金を支払うのが当然です！」

主人の決意はなかなかに堅いようであった。

ファムがそれとなく断ろうとするが、どうにも聞き入れようとはしない。

だが、ここで金を受け取ってしまうと後が大変であった。

あくまでも今のファムは、忍びで動いている。

表向きは、現在でも教団の本部にいることになっているのだ。

その状態でこれほどの大金を受け取っては、何かと処理が面倒なのである。

「んー、どうしましょうか……」

「ではご主人、こういうことでいかがでしょう？　今まで払った薬代に、今日の治療費が含まれていたということで」

クメールがそれとなく割って入り、案を提示した。

主人はそれでは申し訳ないと渋い顔をするが、ファムはそれで押し切ろうとする。

「そうです。我々も一応、教会とはそれなりに関係のある人間ですしね」

「ですが……」

「だったら、銅貨を一枚だけ下さい」

「え？」

「対価を出さないと商人として筋が通らないということであれば、銅貨を一枚だけ出してください」

真剣な顔で、そう告げるファム。

その凛とした表情とまっすぐな眼差《まなざ》しには、有無を言わせぬような迫力があった。

聖女としての芯《しん》の強さが、そのまま滲み出ているかのようである。

それを見た主人は、その雰囲気に押されて身を引く。

「……わかりました、では銅貨一枚だけ」

「ありがとうございます！」

満面の笑みを浮かべながら、銅貨を受け取るファム。

彼女はそれを大切に懐《ふところ》にしまうと、優雅に礼をした。

そしてそのまま、ゆっくりと店を後にする。

去り行く彼女たちの背中を、主人は従業員総出で見送らせた。

その眼には涙が浮かび、ほろりほろりと零《こぼ》れ落ちる。

「私たちがいて良かったです。しかし……あの子の病は少し気になりますね」

感涙する主人を振り返りながら、ぽつりとつぶやくファム。

アナスタシアの身を冒していた病は、穢《けが》れた魔力との接触が原因である。

あれほどの穢れをもたらす存在となると、ファムは魔族ぐらいしか思い当たらなかった。

それも相当に上位の存在が、彼女に触れたとしか考えられない。

すなわち——。

「この地に魔族がやってきた……？　とにかく、一刻も早くラージャに到着しなければ」

そう言って、歩を速めるファム。

こうして彼女は、事件の真相が眠っているであろうラージャに急ぐのであった。

第五話　緋石の長城

「ふぅ……だいぶ奥まで来ましたね」

足を止めて、ふうっと息をつく俺《おれ》。

額に浮いた汗を拭《ぬぐ》いながら、ゆっくりと周囲を見渡す。

白霧の海を抜けてから、はや二日。

魔界に近づくにつれて瘴気《しょうき》は濃さを増し、植生も異形《いぎょう》のものへと変化していった。

森の中央付近にたどり着いた現在では、見たこともない赤黒い色をした木々が幅を利《き》かせている。

その木々の間を太い蔦《つた》が這《は》いまわる姿は、まさしく魔境というのがふさわしい。

「いよいよ、魔界が近づいて来たという感じだな」

「ええ。この風、人間界にはないよ」

木々の間を吹き抜ける生ぬるい風。

それはほのかに、黴《かび》と墓土のような匂《にお》いがした。

この場所がそうなのか、それとも魔界という世界そのものがそうなのか。

魔法で聖域を展開してなお、人間には居心地がいいとは言い難《がた》い空気だ。

「急ぎましょう。予定よりだいぶ遅れちゃってますから」

ランドドラゴンを失ったことによって、俺たちの旅はかなり遅れてしまっていた。

このままだと、ラージャに帰る頃《ころ》には一週間は遅れてしまう。

少しでもペースアップして、何とか取り返さなくてはいけない。

「うぅ……疲れましたわ……」

「足がちょっと痛いです……」

休憩を切り上げようとすると、たちまち女性たちが声を上げた。

魔力ポーションには、まだまだ余裕があるな。

俺は薄緑の液体をくッと飲み干すと、すぐさま彼女たちにヒールを掛けてやる。

この前は威力が強すぎて失敗したから、今回はだいぶ控えめだ。

「これでどうですか？」

「……だいぶ楽になりましたわ」

「ジークさんの魔法って、本当にすごい効果です……！」

何故《なぜ》だか急に、色っぽい視線を向けてくる女性たち。

白霧の海での一件以降、彼女たちの俺を見る目が少し変わったような気がする……。

まさか、俺に好意を持ってくれていたり？

……いやいや、それはいくら何でも自意識過剰ってやつだ。

多少、活躍したところで俺はあくまでDランク。

こんな新人冒険者に、そうそう簡単に女の子が惚《ほ》れたりしないだろう。

「……ふん！　まあいいでしょう、とにかく急ぎますよ」

「あ、ウェインさん！　走ったら危ないですって！」

こうしてさらに奥へと進んでいくと。

やがて視界の端に、何やら赤いものが見え始めた。

魔界特有の仄暗《ほのぐら》く沈んだ空。

その下を切り取るようにして、赤い帯のようなものが長く延びている。

「……何だ？」

「壁でしょうかね？」

「恐らくあれが……緋石の長城でしょう」

声を振るわせるウェインさん。

そうか、あれが前に話していた緋石の長城か……‼

魔界と人間界を分ける要塞だと聞いていたが、まさしくその通りだ。

境界の森を東西にはっきりと分割してしまっている。

「凄い迫力ですね……」

近づくにつれて、徐々に壁の大きさがはっきりしてきた。

……大きい。

周囲に生えている大木よりも、さらに倍ほどの高さがある。

沈んだ赤褐色の岩で造られたそれは、重量感もあってさながら自然の山のようだ。

恐らくは相当に分厚い壁なのだろう。

ドラゴンが突っ込んだって、ビクともしないに違いない。

「これは……赤魔岩だな」

壁のすぐ近くまでたどり着いたところで、姉さんが呆《あき》れたようにつぶやいた。

彼女はさらに壁へと近づくと、そのつるりとした表面をゆっくりと撫《な》でる。

「何ですか、それ？」

「魔力を帯びた桁外《けたはず》れに硬い岩だ。人界の山にもたまにあるが、とにかく硬くてな。試し斬《き》りの材料として使うこともある。これを斬れば、晴れて剣豪の仲間入りだな」

「へぇ……そんな素材を使って城を」

「さすがは魔族と言った芸当だな。これだけの大きさとなると、私でも斬るのは大変だ」

「大変って、斬ること自体はできるんだ……」

もはや壁というよりも、巨大な岩塊《がんかい》のような様相を呈する長城。

これほど巨大な壁をも斬ろうなんて、そんなこと考えるのは姉さんぐらいのものだな。

ふとウェインさんの方を見れば、壁の大きさに完全に圧倒されてしまっていた。

どちらかと言えば、こちらの方がよっぽど普通の反応である。

こんなに大きな壁、人界で見ることはないからなぁ。

「しかし、この先へはどうやって進むのだ？　上るのはかなり難儀だぞ」

「というか、そんなことしたら魔族に気付かれてヤバいんじゃないですか？　ほら」

そう言うと、俺は壁の上空を巡回しているワイバーンを指さした。

心なしか、その視線は俺たちに向けられているようだ。

恐らくは、魔族によって飼われている番犬のようなものだろう。

俺たちが妙なことをすれば、たちまち襲い掛かってくるに違いない。

「うーむ、普通に門から入るしかなさそうだな」

「でも、この辺りにはなさそうな感じですね」

ざっと見渡してみるのだが、周囲に門のようなものはなかった。

ただただ赤い石の壁が、どこまでも長く延びている。

俺たちはひとまず、壁に沿って歩きながら魔界側に抜ける入口を探すことにした。

しかし、なかなか発見することができない。

「……これは、馬鹿《ばか》正直に歩いていたら日が暮れるな」

しばらく歩いたところで、姉さんが困ったように言った。

大陸を東西に分ける境界の森は、横断するだけでも一週間以上はかかる広さを誇る。

もしこの壁が、森の端から端まで続いていたとして。

出入り口が一つしかないのであれば、見つけるのは相当に骨が折れるだろう。

せめて大まかな場所でもわかれば、だいぶマシになるのだけども。

ううーん、何かいい方法は……。

「そうだ！　魔力探知ですよ！」

「ん？　魔力なんて探ってどうするんだ？」

「考えても見てくださいよ。これだけ頑丈な壁で侵入を防いでるんですよ？　入口にはきっと、強い魔族がいるとは思いませんか？」

「なるほど、その魔力を察知すれば入口の場所がわかるというわけだね？」

得心したように、手をつくウェインさん。

俺は彼の言葉にうなずくと、さっそく魔力探知を行ってみた。

掌《てのひら》から放たれた魔力が広がり、やがて反響が返ってくる。

すると――。

これは……！　何なんだ……!!

付近に感じた、途方もなく巨大な魔力。

いったい何がいるというのか。

俺はたまらず、全身を強張《こわば》らせる。

「どうしたんだい？　急に、青い顔をして」

青ざめた俺に対して、ウェインさんがひどく呑気《のんき》な顔で話しかけてきた。

どうやら、状況がまだわかっていないらしい。

俺は深く息を吸うと、できるだけ平静に告げる。

「すごく大きな魔力があります。魔石とかじゃなくて、間違いなく生き物です」

「魔物か魔族ということか？」

「ええ、恐らくは魔族だと思います」

俺がそう告げると、にわかに皆の表情が険しくなった。

ウェインさんも打って変わって怯《おび》えた顔をすると、微《かす》かに震えた声で尋ねてくる。

「大きいっていうと、どのくらいだね？」

「この感じは……シエル姉さんぐらいですかね？」

「シエル姉さん？」

「あ、違います違います！　ヒュドラよりちょっと大きいぐらいです」

「ヒュドラ⁉」

素《す》っ頓狂《とんきょう》な声を出すウェインさん。

それに合わせるように、仲間の女性たちがブルブルと震え始めた。

ヒュドラといえば、魔物の中でも最上位に近い存在。

国の一つや二つ、消し去ってしまうような大物である。

怯えるのも当然で、俺も実際に見た時には死を覚悟したからなぁ……。

ライザ姉さんが近くにいなかったら、俺もきっと震えていただろう。

「ヒュドラより少し大きい、か。何とかなりそうだが、油断はできないな」

「な、何とかなるのですか……？」

「当然だろう？　ウェイン殿もSランクならば、どうにかなるのではないか？」

さも当たり前のような口調で、聞き返す姉さん。

するとウェインさんは、冷や汗をかきながらもその言葉にうなずいた。

確か、冒険者のランクと魔物のランクは必ずしも対応しないって聞いたことあるけど……。

さすがに、魔界行きの依頼を任されるだけあって優秀なようだ。

「そ、そうですね！　私はSランク冒険者にして聖騎士！　ヒュドラだろうが、倒してみせますよ！」

そう言って胸を張ると、ずんずん歩き始めたウェインさん。

今までの怯えた様子はどこへやら、その姿は驚くほどの自信と気迫に満ち溢《あふ》れていた。

これが、Sランク冒険者の本気か……!!

ヒュドラ並みの強敵が待ち受けているというのに、その歩みは先ほどまでよりずっと早い。

「なかなか良い覚悟ではないか。ジークも大丈夫か？」

「はい。俺も、あの時から少しは成長したつもりですから」

以前の俺は、ヒュドラを相手に時間稼ぎをすることしかできなかった。

しかし、冒険者としての生活やシエル姉さんとの戦いを経て俺も少しは成長できたはずだ。

今なら勝てるとはいかないまでも、少しはまともにやり合える……と思いたい。

それに俺たちは、魔族と戦いに行くわけではないのだ。

うまく話がつけば、何事もなく門を通してもらえる可能性だってある。

「よし、行くぞ！　ウェインに続け！」

「はい!!」

こうして歩き続けること、小一時間ほど。

俺たちの目の前に、天を衝《つ》くほどの巨大な門が姿を現した。

周囲の壁よりもさらに背が高く、距離感がおかしくなってしまうようだ。

近づけば近づくほどに、自分が蟻にでもなってしまったのではないかという錯覚を覚える。

「つくづく、魔族というのは大きなものが好きなようだな」

「ですね。城がまるっと通り抜け出来そうなぐらいです」

「そ、それより魔族は？　姿が見えないが、ひょっとしていないのか？」

門の前に立つと、その場で思い思いに感想を述べる俺たち。

一方で、ウェインさんは戦いを前に気が逸《はや》っているのだろう。

周囲を見回して、門番の魔族がいないかをしきりと探っていた。

あれだけ巨大な魔力を発しているのだから、てっきり体の大きい魔族かと思っていたのだけれど……。

それらしき姿は、どこにも見当たらない。

ウェインさんが言う通り、どこかに去ってしまったのだろうか？

だが、その割にはちゃんと魔力は感じられるんだよな。

「妙ですね。魔力はあるのに姿は見えない」

「ここは魔界にもほど近い土地だ。魔力探知も、狂ってしまっているのではないかね？」

「それはないと思いますけど……」

「こうなったら、さっさと門を通り抜けてしまいましょう。戦わないなら、それに越したことはないのですから」

そそくさと、足早に門を通り抜けてしまおうとするウェインさん。

彼は巨大な扉の前に立つと、力いっぱいそれを押し始めた。

しかし、恐ろしく巨大な門だけあってビクともしない。

やがてウェインさんの顔が真《ま》っ赤《か》に充血してきたが、一寸たりとも門は動かなかった。

「クソ、なんて重さだ！　おい、みんなも手伝ってくれ！」

「はい！　すぐ行きます！」

「やれやれ、仕方ないな」

こうして俺たちが、ウェインさんの元に歩み寄ろうとした時であった。

不意に上から、女性のものと思《おぼ》しき声が降ってきた。

「あんたたち、バカじゃないのー？」

慌てて振り向けば、巨大な門の上に人影が見えた。

いや、正確に言えば……魔族の影だ。

身体は人間の少女のようであるが、その背中には黒い三対の翼が生えている。

「この門を人力で開こうなんて、ちょっと頭足りてないでしょ？」

「何者だ!!」

「人間はマナーがなってないなー。まず、自分から名乗ろうよ」

そう言うと、魔族の女は音もなく俺たちの前に降り立った。

スカートの裾《すそ》がはらりと揺れて、微かに甘い匂いが漂う。

一見して、ドレスを着た可愛《かわい》らしい少女にしか見えないが……直感するものがあった。

この女、とんでもなく強い。

姉さんたちと相通じるようなものがあると。

とっさに魔力探知をかけると、シエル姉さんにも匹敵《ひってき》するほどの反応があった。

「……あいつだな」

「ええ、間違いないよ」

姉さんもすぐに、この魔族の強さに気付いたようであった。

魔法を扱わない姉さんであるが、流石《さすが》に強者の気配には敏感なようだ。

だが一方、ウェインさんはその見た目に惑わされたようで――。

「なんだ、ずいぶんと可愛らしいレディがお出迎えだね？」

何とも軽い調子で、魔族の方に歩み寄っていくのだった。


――○●○――


「なんだ、ずいぶんと可愛らしいレディがお出迎えだね？」

魔族に歩み寄ったウェインさんは、ニカッと白い歯を見せて笑った。

お、おいおい⁉

もしかしてウェインさん、あの魔族の強さに全く気付いていないのか⁉

あまりにも予想外すぎる行動に、俺と姉さんは揃《そろ》って目を丸くした。

仮に魔力を感じられないとしても、動きの隙《すき》の無さや殺気の強さで気付かないのか⁉

「私はSランク冒険者にして、聖騎士のウェイン。今宵は人界からの使いとして参りました」

そう言うと、ウェインさんは懐《ふところ》から細長い筒を取り出した。

厳重に封印が施されたこれこそが、俺たちが魔界に届けることを命じられた品である。

形状からして、中には恐らく親書か何かが入っているのだろうが……。

詳しいことはギルドから預かった当人のウェインさんですら知らされていなかった。

一介の冒険者が知るには、内容が重すぎるのだろう。

「使いねえ……」

筒を一瞥《いちべつ》したものの、どうにも信用していない様子の魔族。

人界と魔界のやり取りが途絶えて、はや数百年。

ある意味では当然の反応だった。

こうして境界の森の深奥まで人間が来ること自体が、久しぶりに違いない。

「ほかに、何か身分を証明するものは？」

「これでどうでしょう？　見てください、これこそが幻の――」

懐に手を入れると、何やらもったいぶるように溜《ため》を作るウェインさん。

いったい何を取り出すつもりなのだろう？

俺と姉さんは、どことなく嫌な予感がした。

そして数秒後、それは見事に的中する。

「プラチナギルドカード!!」

さながら相手に叩《たた》きつけるがごとく、ギルドカードを見せつけたウェインさん。

……行動としては、さほど間違ってはいない。

身分証明のためにギルドカードを見せることは、人界ではごくごくありふれたことだ。

しかし、残念ながら相手は魔族である。

ギルドカードを見せつけられたところで、反応できるはずもなかった。

「何だい、それは？」

「……このプラチナギルドカードを知らないというのですか？」

「うん」

あっけらかんとした態度で答える魔族。

そりゃ当然だ、流石の冒険者ギルドでも魔界に支部があるはずもない。

しかし、ウェインさんはこの魔族の返答がどうにも気に入らなかったらしい。

その眉間にはピクピクと血管が浮かび上がり、身体が小刻みに震えだす。

「どいつもこいつも……！　この私を、Sランクであるこの私を……!!」

「ウェ、ウェインさん!?　落ち着いて!!」

「そうだ、別に誰《だれ》も貴殿のことを……」

「うるさいうるさーーーーい!!!!」

いきなり大声を出すウェインさん。

ドラゴンの咆哮《ほうこう》さながらの大音響に、俺たちはたまらず耳を塞《ふさ》ぐ。

やがてユラユラと揺れながらこちらを見た彼の眼は、理性の糸がふっつりと切れてしまったかのよう。

……どうやら、旅の間に相当なストレスをため込んでいたらしい。

そしてそれが、今ここで爆発《ばくはつ》してしまったようだ。

「もういい！　今ここで、私の力を見せてやろう！」

「……あんた、私と勝負する気なの？」

「ああ。君を倒して、ここを通らせてもらおうじゃないか」

げげ、勝負を挑んじゃったよこの人！

まずいな、この魔族とは出来るだけ穏便に済ませたかったのだけど……！

俺と姉さんが慌てて魔族の方を見ると、彼女はちろりと舌なめずりをした。

その肉食獣を思わせるような眼差《まなざ》しは、既に戦闘態勢に入っていることを窺わせた。

「ふーん、いいよ。私も戦うの嫌いじゃないし」

「話が早くて助かる。さあ、かかってきたまえ。最初の一撃は君に譲ろう」

「ま、待てウェイン殿！　そんなことしてる場合じゃない！」

「そうですよ！　相手に先に殴らせるなんて！」

俺たちは慌ててウェインさんを止めようとするが、もはやこちらの言うことを聞く耳など持っていないようだった。
こうなったらもう、多少強引でも実力行使して辞めさせるしかないか……？
俺と姉さんが互いに顔を見合わせた、その瞬間。
魔族の少女は一気に前傾姿勢を取り、一歩前に踏み込んだ。
――爆発。
地面が爆《は》ぜ、少女の身体が音に迫るような速さで飛び出した。
その圧倒的な速度に、ウェインさんはついていくことができない。
「あべばっ⁉」
異様な呻《うめ》きと共に、ウェインさんの身体が吹っ飛んだ。
そのまま近くの木に叩きつけられた彼は、崩れるように地面に倒れ込む。
俺たちが慌てて駆け寄ると、ウェインさんはゆっくりとではあるが顔を上げた。
かろうじてだが、息はあるようだ。
攻撃を耐えたというよりは、恐らく生かされたのだろう。
俺は急いで上級ポーションを取り出すと、ウェインさんの口に突っ込む。
「けほっ‼　けほけほ！」
強引にポーションを飲まされ、むせるウェインさん。
しかし、その顔色は先ほどまでよりもずっと良くなっていた。

流石は上級ポーション、値が張るだけあってすごい即効性だ。

「大丈夫ですか？」

「ああ、何とか……」

改めて、魔族の少女の方を見やるウェインさん。

彼は顔つきを険しくすると、重みのある声で告げる。

「あいつ、相当強いぞ……。見た目に惑わされて、油断するな！」

いや、油断したのはウェインさんだけだよ‼

俺と姉さんは、普通に警戒してたから‼

さっきからそういう雰囲気、いっぱい出してるのに‼

まったく空気の読めないウェインさんに、俺たちは揃って頭を抱えた。

この旅、もしかして俺と姉さんだけで来た方がよっぽどスムーズだったんじゃ……。

そんなことを思っていると、魔族の少女が呆れたように声を掛けてくる。

「ねー、そろそろこっちの相手もしてほしいんだけどー」

「ダメですよ！　ウェインさんはもう、戦える状態じゃありません！」

「そいつはもういいよ。君たちが出て来てくれない？　特にそっちのおねーさん？」

そう言うと、ライザ姉さんに向かって笑いかける魔族の少女。

口調こそからかっているようだが、その目は真剣そのもの。

姉さんの強さを察しているらしく、侮《あなど》るような気配は一切《いっさい》なかった。

「……良かろう。いずれにしても、もはや戦わねば通してはくれぬのだろう？」

「もちろん。戦って力を確かめさせてもらわないと」

魔族の少女はスカートの裾を持ち上げると、貴族よろしく優雅な礼をした。

その身から放たれる魔力が、にわかに圧力を増す。

ぞわりと肌が泡立つような風が吹き、身体がしんと冷えた。

「私は魔王軍第二師団団長、流星のアルカ。よろしく」

「これは、なかなかの大物だな。私もきっちり名乗らなければ、失礼にあたるか」

目元を愉《たの》しげに歪《ゆが》め、不敵な笑みを浮かべる姉さん。

彼女はふうっと大きく息を吸うと、やがて意を決したように告げる。

「私は第二十三代剣聖のライザだ」

静かに、だが凛々しく力強い声が森に響いた。

剣聖と魔族の戦いが、今始まる――!!


――○●○――

「ウェインは下がっていろ！　ジークもだ！」

「いいの？　その魔族、流石にライザさんでも……」

アルカと名乗った魔族の実力は、半端《はんぱ》なものではなさそうだった。

これまで対峙《たいじ》したどんな敵よりも、数段格上であろう。

ライザ姉さんの実力を疑うわけではないが、流石に一人では厳しいのではないだろうか？

「お前の力は温存しておきたい。ここで二人とも力を出し切ったら後が怖いだろう？」

姉さんの言葉を聞いて、俺はなるほどとうなずいた。

ウェインさんもいまいち頼りにならないし、ここで全力を出し切るのはまずいだろう。

二人で力を合わせたとしても、あの魔族にはかなりの苦戦を強いられそうだからな。

「剣聖……？　今、剣聖と言ったか⁉」

場の緊迫感が高まる一方で、ウェインさんがひどく間抜けな声を出した。

姉さんの正体が剣聖であったことが、よっぽど驚きであったらしい。

口を半開きにして、眼球が飛び出してしまいそうなほどに瞼《まぶた》を見開いている。

「おい、本当なのか⁉」

「ええ、ライザさん……もういいかな、姉さんは剣聖ですよ」

こうなってしまったら、もう改めて隠す必要もないだろう。

俺はハッキリと、姉さんが剣聖であることをウェインさんに告げた。

すると彼は、憑き物《つきもの》が取れたような顔でつぶやく。

「ははは、そりゃ勝てないはずだ……」

「街に戻っても、言わないでくださいね？　姉さんがいることがバレたら大変ですから」

「ああ……」

ひどく乾いた声を出すウェインさん。

やがてそれに合わせたかのように、姉さんが剣を抜いた。

白銀に輝く剣身が、薄闇《うすやみ》を切り裂いて光を放つ。

その光条はさながら俺たちを導いているかのようで、何とも頼もしかった。

それに負けじと、アルカもまた手品のようにどこからともなく剣を取り出す。

姉さんの剣とは対照的に、その刃は闇《やみ》を圧縮したように黒々としていた。

さらに剣身からは、薄紫のおどろおどろしい瘴気が溢れ出している。

まさしく魔剣と形容するのがふさわしい、禍々《まがまが》しい姿だ。

「始めようか」

「こちらこそ、いくぞ！」

ほぼ同時に飛び出す両者。

剣が交錯し、火花が散った。

その次の瞬間、衝撃が周囲を揺らす。

木々がしなり、その葉がジリリと振動した。

俺とウェインさんはたちまち顔をしかめ、仲間の女性たちは声を上げる。

「一撃で吹っ飛ばなかった相手は久しぶりだわ」

「こちらこそ、私の一撃に耐えるとはな」

激しい剣戟《けんげき》の応酬が始まった。

技量では姉さんの方が勝っているようだが、身体能力ではアルカの方がわずかに優勢なようだ。

流石は魔王軍幹部、高位魔族なだけのことはある。

腕力に物を言わせて攻撃を防ぎ、姉さんの疲労を狙《ねら》っていく作戦らしい。

「はあぁっ!!　天斬《てんざん》・滅魔撃《めつまげき》!!」

「くっ!!」

先に仕掛けたのは姉さんであった。

急速に間合いを詰めると同時に、切っ先から光が迸《ほとばし》る。

剣気が急速に膨れ上がり、炎のように実体化する。

――決まるか？

鋭く放たれた一撃は、美しい軌跡を描きながらアルカに肉薄した。

だがその刃が、胸を貫かんとした直後。

アルカは後ろに倒れてそれを回避すると、翼をバネの代わりにして剣を持ったまま見事に宙返りをする。

いかに鍛えようとも、人間の体の構造では無茶な芸当であった。

「うおっ⁉」

「きゃっ‼」

「と、とんでもないですわ⁉」

躱《かわ》された斬撃が宙を切り裂き、そのまま衝撃波となって壁に激突した。

強固な赤魔岩でできているはずの城壁に、たちまち大穴が空く。

剣聖の剣は鋼《はがね》をも容易《たやす》く切り裂くと謳《うた》われるが……。

現実はその噂《うわさ》をもはるかに凌《しの》いでいるようであった。

あの壁は恐らく、同じ厚さの鋼鉄などよりもはるかに頑丈だろう。

「うわ、めっちゃくちゃな威力ね！　大事な壁に穴が開いちゃったじゃない！」

姉さんの剣撃は、魔族の眼から見ても異常な威力だったらしい。

アルカは壁にできた大穴を見て、信じられないような顔をしていた。

しかし、姉さんの方もまたアルカに攻撃を避けられるとは思っていなかったらしい。

少しばかり、悔しそうな顔をしている。

「流石に、人間と比べるとやりにくいな」

「普通なら、やりにくいなんてもんじゃすまないわよ」

アルカはそう言うと、構えを解いてスウッと深呼吸をした。

いったい、何を仕掛けてくるというのか。

それまでとは雰囲気の異なる彼女の様子に、姉さんの目つきが鋭くなる。

緊迫感が満ち、周囲の音がにわかに消えた。

やがてアルカは石英のような結晶体を取り出すと、それをぽいっと口に放り込む。

「この技を出すのは、百年ぶりぐらいかしらね」

「面白《おもしろ》い、見せてもらおうじゃないか」

「では遠慮なく……はああぁっ‼」

アルカの身体から、にわかに黒い炎が噴き出した。

いや、これは……身体が炎と一体化している？

手足の輪郭がぼやけ、噴き出した炎に溶け込んでしまったかのようだ。

「……面妖な。魔族だけあって妙な技を使うようだが、子ども騙《だま》しは通用せんぞ！」

「言っとくけど、見た目だけじゃないわよ。この技を使った私に、剣士が勝つことはもう不可能だから」

「ふん、何をほざくか」

振るわれる神速の剣。

それをアルカは受け止めることも、まして避けることもしようとはしなかった。

たちまち、磨き抜かれた刃がアルカの身体を両断する。

うおっ……⁉

惨劇を想像して、俺は思わず目を閉じそうになった。

たとえ魔族といえども、人間そっくりの生物が真っ二つにされるのは見ていて気分のいいものではないからだ。

しかし、実際に起きた現象はその上を行った。

「なに……？」

身体を真っ二つにされたというのに、平然と微笑《ほほえ》み続けるアルカ。

次の瞬間、彼女の身体は何事もなかったかのように再び一つに戻る。

とんでもない再生能力……というわけではなかった。

これはもしや――。

「身体が、炎になっている……？」

思いもよらない敵の能力に、姉さんの声が苦々しく響いた――。

閑話

聖女と冒険者

ジークたちが境界の森でアルカと対峙《たいじ》していた頃。

聖女ファムたち一行は、とうとうラージャへと到着した。

辺境とはいえ、冒険者たちの聖地とされる都市である。

その規模はこれまで立ち寄ってきた街よりもずっと大きく、人々の活気にファムは圧倒される。

「思ったよりも大きな街ですねえ……」

「冒険者の聖地と言われるだけのことはありますな」

「武装している方たちは、みな冒険者なのでしょうか？」

「恐らくは」

道行く人々の中に、時折、物々しく武装した冒険者たちが混じっていた。

他の街では、あまり見られない光景である。

一般に無頼漢と思われがちな冒険者は、市民から少し距離を取られることがほとんど。

この街のように、風景に自然と溶け込んでいることなどあまりないのだ。

「ですが、意外と治安もよさそうですね」

「仕事があるからでしょうな。もっとも、最近は魔族の影響で冒険者たちも何かと制限を受けているとか」

「彼らのためにも、早く解決しなければいけませんね」

人間、きちんと食えるだけの仕事があればそうそう事件など起こさないものである。

しかし、仕事がなくなり追い詰められれば何をし始めるかわからない。

今回の件で冒険者たちが困窮《こんきゅう》するようなことになれば、街の治安は急速に悪化していくことだろう。

聖女として、それを見過ごすわけにはいかなかった。

「さっそく、ギルドへ参りましょう。クメール、道はわかりますか？」

「ええ。こちらです」

こうしてファムとクメールは、揃《そろ》って冒険者ギルドを訪れた。

見慣れない美女の登場に、たむろしていた冒険者たちがにわかに湧《わ》き立つ。

しかし、その喧噪《けんそう》もすぐに収まった。

依頼人という形で、良家の令嬢が使用人を伴ってギルドを訪れることはたまにあるのだ。

だが一組だけ、ファムたちのことを他とは違った目で見ているグループがあった。

聖女の護衛を依頼されていた、クルタたちである。

「たぶん、あの人たちだね」

「マスターから聞いた特徴とも、完全に一致しています」

「流石《さすが》は聖女様、噂《うわさ》以上の美人だぜ」

「ロウガ、聖女は禁句」

「おっと！　すまねえ」

そう言うと、ロウガは周囲を見渡した。

幸いなことに、誰《だれ》も彼の言葉を聞いてはいなかったようである。

ロウガはほっと胸を撫《な》で下ろすと、やれやれと頭を掻《か》く。

「こういう任務はどうにも慣れなくてな」

「まったく、ロウガは脳筋すぎますよ」

「ニノだって人のことは言えねーだろ？」

「私はもともと忍びですから、慣れてます」

食事をとりながらも、視線は常にファムの方を見続けているニノ。

本人の言う通り、こういう仕事に慣れているようであった。

どうにも落ち着かないロウガとは、雲泥の差である。

「シノビって、確か東方のスパイみたいなものだっけ？」

「ええ、だいたいそのような解釈で合ってます」

「そういえば、前々から気になってたんだけどさ。どうして、ニノってこっちに来たの？」

「はい？」

「だって、東方からこっちに出てくる人ってめちゃくちゃ少ないからさ。気になって」

大陸の東側に浮かぶ大小さまざまな無数の島。

俗に東方と呼ばれるこの一帯から大陸に出てくる者は、相当にまれである。

凶暴な海獣が住み着き、気候も荒い海域を何週間もかけて越える必要があるためだ。

東方にはいくつかの貴重な産物があるため、それでも物品の出入りはあるのだが……。

人の出入りはとにかく少なく、特にニノのような少女はあまり外には出ない。

「……いろいろありまして、ええ」

「そっか」

明らかに何か隠している様子であったが、クルタはそれ以上尋ねなかった。

仮にもお姉さまと慕っている彼女に隠すのである。

それなりに重い事情があるのだと察したのだ。

「……お、出てきたぞ」

それから数分後。

カウンターの奥に入っていたファムたちが、ギルドマスターを伴って表に出てきた。

マスターはそれとなくロウガたちの方を見ると、あとは任せたとばかりにうなずく。

いよいよここからが、護衛任務の開始であった。

彼らは手早く食事を片付けると、目立たないようにそれとなく席を立つ。

「気付かれないように、ですよ」

「俺《おれ》にだけ注意をするなって！」

ひとまずは、各所へ挨拶《あいさつ》をするつもりなのだろう。

ギルドを出た聖女ファムは、真っ先に町の南東にある領主の館へと向かった。

そして挨拶を済ませると、今度は食事のためレストランへと立ち寄る。

流石に聖女だけあって、忍びの旅でも利用するのは超一流店であった。

「今日のところは、特に何もしないつもりか？」

「長旅をした後だからね。疲れを取ってるんじゃないかな」

「……いえ、それだけではないみたいです」

手早く食事を終えた聖女は、席を立つとすぐさま店を出た。

無駄な時間をあまり使いたくないのだろう。

その歩みはなかなかに早く、クルタたちも小走りになって後を追う。

もしもここで聖女を見失えば、たちまち大変なことになってしまう。

クルタたちは少しばかり緊張しながら、人混みをかき分けていく。

「どこに向かってるんだ？」

「この方向にあるのは……教会ですね」

「なるほど、ここの教会と連携してさっそく行動を起こそうってわけか」

ファムの行動にそれとなくあたりをつけた三人。

そしてその予想通り、ファムは教会に辿《たど》り着くとその中へと入っていった。

「俺たちも入るしかないな。目立つなよ」

「わかってるって」

「戦友の墓参りに来た、という体《てい》でいきましょう」

「……とっさによくそんなシチュエーションを思いつくな」

半ば呆《あき》れつつも、ロウガとクルタはニノの言ったイメージに従った。

冒険者が教会を訪れる理由として、一番自然だったからである。

彼らは肩をすくめてそれとなく重苦しい雰囲気を出しながら、教会の中へと入っていく。

すると――。

「そろそろ、詳しいお話をお聞かせ願いましょうか。クメール」

聖女の象徴ともされる聖杖《せいじょう》。

その先端をクメールの喉元《のどもと》に突き付け、凄惨《せいさん》な笑みを浮かべるファムの姿であった。

第六話

剣聖対魔族

「どう、私の能力は。これじゃ、流石《さすが》の剣聖でも無理でしょ？」

苦々しい顔をした姉さんに、カラカラと笑いかけるアルカ。

彼女の言う通り、実体がない相手というのは剣士が最も苦手とする存在である。

一応、ゴースト系の魔物などには一定の対抗策が存在してはいるのだが……。

身体を炎に変えた魔族への対策など、見たことも聞いたこともない。

そもそもそんなことができる魔族自体、アルカ以外には存在しないのかもしれなかった。

「何だ、あれは……！　あんなのインチキじゃないか！」

「形勢逆転されちゃいましたね……！」

敵の能力を見て、大いに動揺するウェインさん。

俺《おれ》も唇を噛《か》みしめ、軽く歯軋《ぎし》りをした。

このまま姉さんがやられるとは思わないが、押し切れる空気ではなくなった。

やはりあのアルカという魔族、魔王軍の師団長を名乗るだけのことはある。

「……確かに厄介《やっかい》だな、それは認めよう。だが、炎ならば散り散りに消し飛ばしてしまえば良い」

「そんなこと、どうやってやるのよ？」

「こうやってだ！」

剣を構え直し、にわかに剣気を高めるライザ姉さん。

この剣気は……まさかあれを使うつもりか？

俺がそう思った瞬間、溢《あふ》れ出した気がぼんやりと人型を為《な》した。

やがてそれらに色がつき、姉さんそっくりに変化する。

――四神の剣陣。

対人戦において、姉さんの最大最強の奥義《おうぎ》である。

自身と同等の強さの分身を三人生み出し、さらには本体を攻撃されない限りダメージを一切《いっさい》受けない。

分身の維持に相応の体力を消費するものの、それ以外はほぼ完全といって良い技だ。

俺も以前、姉さんと戦った際にこれを使われたのだが……。

正直、弟として姉さんと長く付き合った経験がなければ攻略できなかっただろう。

たった今、姉さんと初めて会ったような魔族にはまず攻略不可能だ。

「これが私の奥義だ」

「やるじゃない、手数で攻めようってわけ？」

「そうだ。四倍の剣圧、受けられるものなら受けてみるがいい」

再び、姉さんがアルカを押し始めた。

一対一の状態でも優位を保っていたのである。

それが四対一の状態となったのだから、圧倒するのも当然だ。

しかし、やはり敵の能力は厄介だ。

姉さんの剣がどれほど身体を斬り裂こうとも、一瞬にして再生してしまう。

「無駄よ、無駄！　どれほど斬《き》ろうが、私の炎が消えることはないわ！」

「どこまで再生できるか、この私が試してやろう」

「だから無駄だって！」

さらに剣速を上げていく姉さん。

するとアルカの再生速度が、ほんのわずかにだが遅くなり始めた。

再生が追い付いていないのか、はたまた消耗してきているのか。

いずれにしても、無限に再生し続けられるわけではないらしい。

しかし姉さんの方も、剣速を維持し続けるのに相当の体力を消費しているようだ。

普段は丸一日修行をしても汗ひとつ掻《か》かない姉さんの額に、大粒の雫《しずく》がいくつも浮かんでいる。

「これは、もう体力の勝負かもしれないな」

二人の様子を見ながら、ウェインさんがつぶやく。

彼の言う通り、勝負は持久戦に持ち込まれたとみていいだろう。

しかしこうなってくると、人間を超越したタフさを持つ魔族の方が俄然《がぜん》有利だ。

そもそも体力という概念が存在するのかすら怪しい生物だからな。

「姉さん！　俺も戦わせてください！」

「ダメだ！　お前は温存すると言っただろう！」

「でもこのままじゃ、いくら何でも……!!」

俺が加われば、いくらかでも負担は軽くなるだろう。

だがそれを、姉さんは頑として拒否した。

俺の力を温存しておきたいというのもあるのだろうが、剣聖としてプライドの問題もあるかもしれない。

サシで始めた勝負なのだ、最後まで一人でやり切りたいのだろう。

それに、人間界では力を持て余し気味だった姉さんである。

魔族が相手とは言え、久しぶりに全力を出せて楽しんでいるのかもしれない。

「勝負だ。私の手が止まるか、そちらが再生しきれなくなって音《ね》を上げるか！」

「魔族相手にその勝負、無謀だって教えてあげるわ……！」

長い長い、勝負が始まった。

俺たちはその行方《ゆくえ》を、固唾《かたず》を飲んで見守る。

斬っては再生し、再生しては斬り。

延々と繰り返され続ける一連の動作。

だがそれも少しずつ遅くなっていき、終わりが見え始めた。

酷使された姉さんの腕が、微《かす》かに震え始める。

「姉さん……‼」

これほど追い詰められた姉さんを見るのは、いったい何年ぶりだろうか。

剣聖となってからは、ほぼほぼ無敵に等しい存在だったからなぁ……。

次第に疲弊《ひへい》していく姉さんを見て、俺は胸が締め付けられるような思いがした。

やがて心の底から込み上げる思いが、声援となって溢れ出す。

「姉さん、頑張れ‼　そんな魔族に負けるな‼」

「ノア……！」

「俺、信じてるから！　俺の自慢の姉さんが負けるはずないって‼」

「自慢の……姉さん……⁉」

不意に、姉さんの顔が赤くなった。

あれ、何か怒らせるようなことを言っちゃったかな……？

俺はとっさに逡巡《しゅんじゅん》したが、特に思い当たるような節はなかった。

だがそうして考えている間にも、姉さんの頬《ほお》は赤みを増していき――。

「勝つ、必ず勝つ。絶対に負けられない……!!　おりゃあああああっ!!」

い、一体どこにそんな力が残っていたんだ!?

身内の俺ですら驚いてしまうほどの動きを、姉さんが見せた。

アルカもそれに負けじと、その身体から魔力を最大限に放出する。

両方ともこれが最後とばかりに全力を出すつもりのようだ。

この勝負、どちらが勝つにしてもあとほんの少しで決着がつく……!

そう確信した俺たちは、固唾を飲んで勝負を見守った。

そして――。

「くっ……!!」

青い顔をして、肩で息をする姉さん。

それに合わせるように、彼女の分身たちがすっと姿を消してしまった。

一方で、彼女と対峙《たいじ》するアルカもまた余裕があるとは言い難《がた》い。

艶《つや》やかだった銀髪はすっかり乱れ、魔力も弱弱しいものとなっている。

「私の……負けだわ……」

お互いに限界を迎えていた二人であったが、先に倒れたのはアルカの方だった。

――勝負あり。

姉さんは倒れたアルカの背中を見下ろすと、満足げな顔をして自身もまた地面に転がる。

気力も体力も使い尽くし、本当に限界だったのだろう。

その表情は実に穏やかだったが、顔色はあまり良くはなかった。

「流石だよ、姉さん」

俺はそう言うと、姉さんの身体をしっかりと抱きあげた。

ここから先は、俺が頑張らなきゃな。

そう思うと自然に身が引き締まるような思いがした。

するとここで、予想外のことが起きる。

「まさか、師団長を退けるとは。剣聖の実力は侮《あなど》れませんね」

ウェインさんについて来ていた二人の女性。

その片割れが、急に空恐ろしい声色《こわいろ》でそう告げたのだった――。


――○●○――


「なっ⁉　いきなり何を言い出すんだ、フィール！」

急におかしなことを言い出した女性。

ウェインさんは動揺を露《あら》わにすると、彼女に詰め寄って肩に手を置こうとした。

だがフィールと呼ばれた女性は、伸ばされた手を乱暴に振り払う。

「触らないで。もう馬鹿《ばか》なフリをするのはやめたの」

「おいフィール、いったい何の冗談……」

「冗談じゃないわ。ついでに、フィールって名前で呼ぶこともやめて。私の本当の名前はね、ヘルっていうの」

ヘルと名乗った少女の身体から、悍《おぞ》ましい魔力が溢れ出した。

それと同時に、服を破って背中から黒い翼が伸びる。

この子、魔族だったのか!!

「嘘《うそ》だろ……？　そんなバカな」

驚きのあまり、俺は眼を何度も擦《こす》った。

魔族の気配を全く感じることはできなかったし、それにこの子はサンクテェールの結界にも入っていた。

普通、魔族があの結界の中に入れば何かしらの反応があるはずである。

いったい何が起きているというのか？

不気味に思った俺は、ヘルからとっさに距離を取る。

「ウェインさん！　あの人とは、いつからの付き合いなんですか⁉」

「ずっとだ！　もう五年以上になる！」

「そうね、あんたと付き合い始めてから五年にはなるわ。ほんと退屈だった」

肩をすくめ、心底うんざりしたように語る魔族。

一方、ウェインさんの方は完全に色を失ってしまっていた。

五年もの間、魔族に騙《だま》され続けていたのである。

茫然自失となってしまうのも、無理はない。

「大したものでしょう？　この魔法で人化すれば、神聖魔法にだってある程度耐えられるの」

そう言うと、黒い水晶のようなものを取り出すヘル。

先ほどアルカが見せたのと同じ種別のアイテムのようだ。

恐らくは、強力な魔法を結晶に封じて扱いやすくしたものだろう。

似たような道具をシエル姉さんも持っていたはずだ。

「何が目的だ？　どうして、ウェインさんに近づいたんだ！」

「それなりの地位の駒《こま》が欲しかっただけよ。そいつである必要は特にはなかったわ」

カラカラと笑いながら、こちらの質問に素直に答えるヘル。

人間だと思って侮っているのか、それともすぐに殺してしまうつもりなのか。

いずれにしてもかなり油断しているようで、こちらにとっては好都合であった。

「駒を何に使うんだ？　目的もなく潜入なんてしないだろう？」

「決まってるでしょう？　戦を起こすためよ」

そう言うと、ヘルはどうせ最後だからと自分たちの計画について語り始めた。

ずいぶんと口が軽い……というよりは、語りたくてしょうがないといった様子である。

嗜虐癖《しぎゃくへき》でもあるのだろうか、俺たちの反応を見て楽しんでいるようだ。

「辺境で騒動を起こし、聖女を呼び寄せる。そしてのこのこやってきた聖女を葬《ほうむ》り、大戦を始めるの」

「聖女を葬る……⁉」

「そうよ。勇者と魔王の交わした休戦協定を破棄するためには、それぐらいの派手な生贄《いけにえ》が必要でね」

「なら、君がここへ来たのは……」

「親書を握りつぶし、ついでに使者を始末するため。聖女を葬ったとしても、もしその事件を話し合いで解決されたら困るからね」

なるほど、そういうことか……‼

聖女が殺害され、さらに親書が握りつぶされたとなれば開戦は決定的となるだろう。

なぜ人と魔族の戦争を望むのかはわからないが、非常に理にかなった行動である。

「ウェインが使者に選ばれたのも、我々の計画のうちよ。私が彼に同行できたのもそう。ま、あくまで自分の意思で私たちを連れてきたのだと思っているようだけど」

「な、なに⁉　どういうことだ⁉」

動揺を隠しきれない様子のウェインさん。

その焦《あせ》った顔を見ながら、ヘルは心底愉快そうに笑う。

「気付かなかったの？　いくらあなたが女好きの馬鹿だからって、普通ならこんなとこまで取り巻きを連れてはこないわよ。私がそれとなく、あなたの精神を操《あやつ》っていたの」

「おのれ……！　聖騎士の私を愚弄《ぐろう》するとは‼」

「その聖騎士の称号も、私たちのおかげなんだけどね」

「なっ……⁉　どういうことだ⁉」

「簡単よ。教団に潜り込んでいた私たちの仲間が、それとなく便宜《べんぎ》を図ったの」

聖騎士の称号が、ウェインさんにとっては心の拠《よ》り所となっていたのだろう。

彼はいよいよ絶望に満ちた顔をすると、そのまま崩れ落ちるように膝《ひざ》をついた。

なんとなく聖騎士らしくないと思ってはいたが、そういう裏があったわけか……。

こんな形で事実が明らかになってしまったのは、不幸としか言いようがないけれど。

「ま、いずれにしてもあんたの役割は終わり。ここで死んでもらうわ。とんでもない連中が一緒に来ることになったから、うまく行くか心配だったけど……。都合よく相討《あいう》ちになってくれたしね」

姉さんとアルカを一瞥《いちべつ》すると、まさしくこの世の春が来たとばかりに高笑いするヘル。

まったく、恐ろしいことをしてくれたものだ……‼

姉さんはまだしばらく戦えないだろうし、この様子ではウェインさんも無理だ。

心が折れてしまっているようで、口を半開きにしたままどこか遠いところを見ている。

……こうなれば、俺がやるしかない。

アルカよりはだいぶ弱そうだが、果たして勝てるのだろうか？

緊張のあまり、武者震いがする。

「さて、おしゃべりも済んだところでそろそろ終わりにしましょうか。早くあの方の元へ行かないと」

ヘルはにわかに魔力を高めると、掌《てのひら》の上に凝集させた。

たちまち猛烈な密度の黒い塊が形成され、紫電が四方に迸《ほとばし》る。

これが当たったら、流石にただじゃすまないな……！

俺もすぐさま魔力を高めて応戦しようとするが――。

ここでいきなり、何かがヘルの胸を貫く。

「……はっ？」

それは黒い炎であった。

胸に大穴が開いてしまったヘルは、そのままゆっくりゆっくりと倒れていく。

……誰《だれ》がやった？

俺が驚いて周囲を見渡すと、片膝をついて立つアルカの姿が目に入った。

どうやら、彼女がヘルを撃ったようだ。

「もう復活したのか……！」

「あんたたちがおしゃべりしてる間にね。最低限は回復できたわ」

「仲間を囮《おとり》にして回復するとは、流石は魔族だな……」

「勘違いしないで。私はこんな奴《やつ》の仲間じゃない、こいつらは魔族の裏切り者よ」

裏切者……？

魔族も一枚岩というわけではないのか。

俺が疑問に思っていると、アルカはふっと呼吸を整えて言う。

「簡単にだけど、私が知っていることを教えるわ」

そうしてアルカが語り出した内容は、俺たちにとって驚くべきものだった——。

「つまり……魔界で政権転覆を企《たくら》む輩《やから》がいるってことですか」

アルカの話は、おおよそ次のような内容であった。

現在の魔王は穏健派であり、力の弱い種族などを積極的に保護する政策を取っていた。

しかし、この政策に昔からの弱肉強食的な価値観を持つ一部の魔族たちが反発。

兄の魔王とは対照的に、強行派である弟を担《かつ》ぎ上げようとしているらしい。

「人間界との大戦になれば、軍務を司《つかさど》る王弟の求心力や発言力は一気に高まる。その勢いを利用して、政権を奪い取ってしまおうって計画ね」

「理屈はわからないでもないですけど、そのために大戦をやるんですか……？」

「私が言えた義理じゃないけど、魔族って戦争大好きだから」

悪びれる様子もなく告げるアルカ。

巻き込まれた側の人間界としては、本当に迷惑な話だなぁ……！

それに、あまりに急な展開だったため流してしまっていたけれど。

そんな身勝手な理由で、大事なファム姉さんを殺されてしまっては困る！

どうにかこのことを知らせて、対策を取ってもらわなくては。

あのヘルという魔族の話だと、今ごろ姉さんはラージャかその近くに来ているはずだ。

たぶん、クルタさんたちの護衛する重要人物というのがファム姉さんだったのだろう。

聖十字教団の聖女ならば、マスターが特別対応をしたのも理解できる。

「私は現魔王派閥だから、戦争はさせないって立場よ。それで連中を監視するためにわざわざこんな僻地まで来たわけ。だいぶ出遅れちゃったみたいだけどね」

「なるほど。なんでこんなところに幹部がいるのか、不思議に思いましたよ」

「だからまぁ、一応はあんたたちの味方ってことになるのかしらね。立ち位置的に」

「……それにしては、さっきは全力で襲ってきてませんでした？」

「そこはまぁ、拳《こぶし》で語り合うというか？　力は見ておかないと」

悪い人ではなさそうなのだけど、そういうところはやっぱり魔族だな。

どうにも発想が好戦的だ。

これでも穏健派の魔王派閥らしいから、強行派の王弟派閥なんて……。

それこそ、人間を絶滅させるとか言い出しかねないぞ。

そんな危なっかしい連中の台頭、流石《さすが》に見過ごせない。

「通信用の水晶球はありませんか？　とにかく、一刻も早く連絡を取らないと！」

「うーん、あるにはあるけど……。人間たちの使っているのとじゃ、規格が違うわよ？」

「それでもいいですから‼」

俺《おれ》がそう急《せ》かすと、アルカはすぐに壁へと近づいて何か合言葉のようなものを発した。

するとたちまち、壁の石組みが動いて小さな出入り口が出現する。

中は兵士たちの詰所となっているようで、武具はもちろんのこと雑貨の類もいくらか置かれていた。

「はい、これ」

「これが魔族の水晶球ですか。赤いですね」

「みんな赤とか黒とか好きだからね」

まさか、それで壁も赤い素材で造ったのか……？

俺は一瞬、そんなおバカなことを考えてしまった。

人間ならあり得ないが、魔族ならあり得そうなところが怖い。

が、すぐに気を取り直して水晶球の術式を解析してみる。

「あれ、意外と変わらないですね。使われてる言語は共通ですし、強いて言うと魔力波の指数が――」

「え？　本当にやれるの？」

「これぐらいなら何とか」

以前に行った術式の開発や改良と比べれば、何ということもない作業である。

魔界の魔道具ということで身構えたが、むしろ人間界のものよりシンプルなぐらいだ。

魔力に物を言わせるような作りの箇所がいくつかあるけれど、そこさえ気を付ければどうとでもなる。

俺の魔力量ならば、少し手を入れれば十分に実用的だ。

「その道具、そんなに簡単に改造できるものでもなかった気がするのだけど……」

「できる分にはいいじゃないですか。それより、向こうと連絡を取るのでちょっと静かにしてくださいね。魔族の声が入るとややこしいので！」

「あ、うん……」

どこかポカーンとした顔をするアルカ。

何だろ、魔族の常識じゃおかしなことでもしたのかな？

何だか様子のおかしいアルカを気にしつつも、俺はすぐさまラージャのギルドへ連絡を取ろうとした。

魔力を注《そそ》ぎ込むと、たちまち水晶球からザーザーと砂嵐《すなあらし》のような音が聞こえる。

誰《だれ》でもいいから、早く出てくれ……!!

こうして俺が祈るような思いで待っていると、やがて水晶球の向こうから聞きなれた受付嬢さんの声が響く。

『こちら、冒険者ギルドラージャ支部です』

『あの、ジークなんですけれども！　マスターはおられますか⁉』
『マスターでしたら……。え、ジークさん⁉　なんで念話掛けてきてるんですか⁉』
『緊急に用があったからです！　とにかく、早くマスターを！』
『早くって、今どこにおられるんですか？』
『魔界の入口あたりです！』
『魔界いいいいぃ⁉』
バタンッという音とともに連絡が途切れた。
えっ⁉　受付嬢さん、もしかして倒れちゃった⁉
俺が慌てていると、騒ぎを聞きつけてきたらしいマスターが念話に出てくれた。
彼に急いで事情を説明すると、姉さんが今どうしているかの状況を確認する。
すると――。
『既に、聖女様はラージャに到着されている』
『本当ですか？』
『ああ、先ほど挨拶《あいさつ》に来られた』
『だったら急がないと！　魔族がいつ行動に出てもおかしくないですよ！』
『わかった、すぐに冒険者たちを緊急招集しよう。聖女様にも急いでお伝えする』
『お願いします‼』

ひとまずはこれで安心……であろうか？

いや、相手は凶悪な魔族だ。

どれだけ警戒したとしても、警戒しすぎるということはない。

俺も急いで戻って姉さんの身を守りたいところだが、流石にここからだと距離が……！

ああ、もどかしいッ!!

「念話は済んだ？」

「あ、はい。ありがとうございました」

「礼なんていいわよ。それより、荷物はこっちで預かるからあんたたちはもう戻ったら？」

「いや、でも……」

荷物を預かることに、悪意はなさそうであった。

このアルカという魔族、あまり嘘《うそ》がつけるようなタイプにも見えないし。

けれど、ここから急いで戻ったところで事態に間に合うとも思えない。

それならば、俺たちは魔王の元まで親書をきちんと届けた方がいいのではなかろうか。

俺がそう考えたところで、アルカはふと思い出したように言う。

「ああ、そっか！　人間って翼がないからね。戻るのにも時間がかかるのね」

「ええ。だから、今からでは――」

「だったらいい方法があるわ。ちょっと外に出て」

「は、はぁ……」

アルカに促されるまま、俺は壁の駐屯所から外に出た。

すると、少し回復したらしい姉さんが話しかけてくる。

「ジーク……！」

「姉さん、もう大丈夫なんですか？」

「何とかな。私としたことが情けない、動けなくなるほど力を使い果たすとは」

「……人間で私に勝てるなら十分すぎるけどね。これでも、魔界有数の強者なのよ？」

呆《あき》れたようにつぶやくアルカ。

まあ、姉さんが強すぎるのは昔からなのであまり気にしないでほしい。

というか、姉さんを人間の基準にされても困るからな。

「それより姉さん、大変です！　ファム姉さんが……」

「聞いている。動けなかったが、意識を失っていたわけではないからな」

「なら、話は早いわね」

そう言うと、アルカは澱《よど》んだ空を見上げてピーッと口笛を吹いた。

するとたちまち、大きな影が壁を超えてこちらに迫ってくる。

おおお、こいつは……!!

天に翼を広げるその雄姿は、まぎれもなくドラゴンだった。

深緑の鱗《うろこ》を持つ空の覇者、スカイドラゴンである。

「こいつに乗っていけば、この森だってひとっ飛びよ」

「すごい、流石は魔王軍！」

「私も行こう。戻るまでに多少は回復するかもしれない」

少しよろめきながらも、ドラゴンの背中に乗り込む姉さん。

この様子だと、回復には丸一日かかりそうだけれど……。

それでも、ファムの危機と聞いては黙っていられないだろう。

「私も連れて行ってくれ、頼む」

「私も、お願いしますわ」

そう言って、俺たちのそばに走り寄ってくるウェインさんたち。

まあ、こんなところに残していくわけにもいかないしな。

念のためアルカの方を見やると、彼女はコクンッとうなずいた。

俺たち四人ぐらいであれば、問題なく載せられるようだ。

「私はこの荷物を魔王様に届けておくわ」

「来ないんですか？」

「私なんかが行ったら、もっと騒ぎが大きくなるわよ」

やれやれと肩をすくめるアルカ。

高位魔族である彼女が人里に出てくれれば、余計にややこしくなるか。

力を貸してほしいのはやまやまだが、至極当然の判断だろう。

「ことが済んだら、あの水晶球でひとこと連絡してくれればいいわ。それと、その子は自分で帰れるから乗り捨ててきていいわよ」

「何から何まで、ありがとうございます！」

「……あー、もう！　人間が魔族に感謝するなんて、気持ち悪いからやめてよ！」

そう言うと、アルカは俺たちを追い払うように手を振った。

口も態度も悪いが、その表情自体は比較的穏やかなものである。

こちらに対して、そこまで悪い感情は抱いていないらしい。

たぶん、姉さんが力を示してくれたおかげだろうな。

「さあ、行こう!!」

「グラアアアッ!!」

こうして俺たちは、スカイドラゴンの背に乗ってラージャへと急ぐのだった――。

閑話

月夜の魔族

ジークたちがドラゴンに乗って飛び立つ少し前のこと。

夕陽《ゆうひ》の差し込む教会で、ファムとクメールが睨《にら》み合《あ》っていた。

二人の間に緊迫した空気が流れ、緊張感が高まっていく。

まさしく一触即発、いつ戦いが始まってもおかしくないような雰囲気だ。

「これは何のつもりですか？　私に杖《つえ》を突き付けるなど」

「それはこちらのセリフです。今までよく騙《だま》してくれましたね」

「騙す？　さあて、何の話でしょうか？」

聖女の象徴ともいうべき聖杖は、鉄板ぐらいならば軽く貫いてしまう威力がある。

これで攻撃されれば、怪我《けが》では済まないのだが……。

鷹揚《おうよう》に答えるクメールの態度には、奇妙なまでの余裕があった。

「演技はやめましょう。私は既に、あなたの正体について確信があります」

「ほほう、正体ですと？　それではまるで、何者かが私に化けているようではありませんか」

「ええ、その通り。あなたは――」

胸に手を置き、一拍ほど間を空けるファム。

彼女は改めてクメールの眼を覗《のぞ》き込むと、意を決したように告げる。

「魔族ですね？」

「どうして、そうお思いになったのです？」

「先日、私が神聖魔法を使う際にあなたが離れて行ったのがきっかけです。それまで決して私を一人にしようとはしなかったあなたが、あの時だけは自主的にいなくなったのですよ」

「あれは、あの商人の不安げな顔を見ていられなかったからですよ」

「それだけではありません。よく思い出してみれば、あなたは私が神聖魔法を使う時は常にいませんでした。聖堂の警護ですとか、様々な理由を付けて」

ファムの口調が強くなった。

クメールが魔族であるということに対して、強い確信があるようだ。

対するクメールも、逃げるのが難しいと悟り始めたのか目が座り始める。

「……それだけでは理由が弱すぎますな。だいたい私は、先代聖女様の頃から四十年も教団に身を捧《ささ》げてきた人間なのですよ！」

「ええ、だから今まで誰《だれ》もあなたのことを疑わなかったのです。それほど長く組織にいる人間が裏切るとは、そうそう思いませんからね。しかし、魔族だとすれば話は別です」

「どういうことです？」

「魔族の寿命は人の十倍とも聞きます。ならば四十年ぐらい、大願のためなら捧げられるのでは?」

いかに目的のためとはいえ、潜入生活を四十年も続けることは困難だろう。

人生の大半を捧げることになる上に、それほど長い時を過ごせばボロが出る。

しかし、それはあくまで人間を基準にして考えればの話。

人間の十倍もの寿命がある魔族ならば、辛抱すれば堪えられなくはない年数だ。

「なるほど。しかし、その程度で決めつけられても困りますな」

「ではあと一つ。教団内部で行われている汚職について、私も独自に調査をしていました。しかし、多くの人員を投じても証拠をつかむことができておりません」

「それは、単に相手が巧妙に証拠を隠していたのでしょう。それと私が裏切っていることに、何の関係があるというのです?」

「大ありです。私は最古参の幹部であるあなただけは信頼して、調査の対象から除外していたのです。今まではあなたが言ったように、証拠をうまく見つけられないだけだと思っていたのですが……。あなたが首謀者ならば、出ないのも当然です」

ファムの言葉に、いよいよクメールの動きが止まった。

やがて彼は全身を微《かす》かに震わせると、にわかに笑い始める。

狂気を孕《はら》んだ声が、聖堂全体に良く響いた。

「……もう茶番はやめだ！　まさか、あなたに見抜かれるとは思わなかった！　実の親のように面倒を見てきたというのになぁ！」

「できれば、私も嘘《うそ》であってほしかった」

「あなたが睨んだ通り、教会内部の不正は私の主導だ。アムドは事の露見を遅らせるための目くらましにすぎん。あやつは所詮《しょせん》、ただの小心者だからな。不正をする度胸などない」

「アムドが大司教になれるように、根回ししたのもやはりあなたですか？」

「その通り。他の大司教どもの動きを操《あやつ》るなど、私にとっては造作もない」

クメールはそう言うと、両手を広げて全身を震わせ始めた。

その身からおびただしい魔力が溢《あふ》れ出し、筋肉が蠢《うごめ》き隆起する。

服が千切れ飛び、背中から白い骨格が伸びた。

たちまち奇妙で禍々《まがまが》しい骨の翼が形成され、その骨格の間を皮膜が埋める。

数分後、そこに立っていたのは司教服を着た聖職者ではなく――。

悪夢の化身のような姿をした、恐るべき大魔族であった。

「これは……予想以上ですね……!!」

「改めて自己紹介をしよう。我は大公閣下の腹心、魔王軍第五師団長のクルディオンだ」

そう名乗りを上げると、再び魔力を高めるクルディオン。

身体から溢れ出した荒ぶる魔力が、暴風となって周囲に襲い掛かる。

その威容は、まさしく魔王と言っても通用するほどであった。

そのあまりの魔力に聖堂全体が震え、天井《てんじょう》から埃《ほこり》が落ちてくる。

「少々予定が早まりましたが、まあいいでしょう。この場であなたを殺し、開戦の贄《にえ》とさせていただく」

「これでも聖女です。そう簡単に倒せるとは思わないでほしいですね」

聖杖を手に、クルディオンと対峙《たいじ》するファム。

聖なる魔力がその身から溢れ、悪《あ》しき魔力と拮抗する。

空中で火花が飛び散り、大気がどよめいた。

「後ろにいる方々！　護衛の冒険者の方ですよね、手伝ってください!!」

やがてファムは後ろを向くと、長椅子《ながいす》の陰で息をひそめていた冒険者たちに声をかけた。

彼女の護衛についていたクルタたちである。

バレないように尾行していたつもりだったのだが、ファムはとっくに気付いていたのだ。

――こうなっては、協力するよりほかはない。

突然の事態に様子を見守っていたクルタたちであったが、急いで物陰から飛び出してきた。

そして、大盾を構えたロウガを中心にファムを守るべく陣形を組む。

「急ですが、よろしくお願いします！」

「こちらこそ！　聖女様のことはボクたちが絶対に守ります！」

「ははは っ‼　聖女様を守れるなんて、一生に一度あるかないかの栄誉だなぁ‼」

「ですね！　めったにない晴れ舞台ですよ」

自らを鼓舞すべく、あえて軽口を叩《たた》くクルタたち。

その姿を見たクルディオンは、フンッと鼻を鳴らしてあざ笑う。

「冒険者風情《ふぜい》がどれほど増えたところで、意味などないわ。すべて、吹き飛ばしてくれる‼」

「みんな行くよ！　こんな魔族、やっつけてしまおう‼」

こうして、聖女ファム率いる冒険者たちとクルディオンとの戦いが始まった――！


――○●○――


「しかしこりゃ、ギルドに別料金貰《もら》わねーとかなわんな！」

クルディオンの発する威圧的な魔力。

それを大盾で防ぎながら、ロウガは冷や汗を流した。

ヒュドラやグローリースライムと比較しても、この魔族はさらに一段格上だ。

放たれる魔力が、うすら寒いほどに研ぎ澄まされていたためである。

クルタたちもそれを肌で感じているらしく、眉間に皺を寄せて険しい顔をしている。

「皆さん、私に近づいて！　補助魔法を掛けます！」

皆の不安を打ち破るように、ファムが勇ましく声を上げた。

その指示に従って全員が距離を詰めると、すかさず彼女は聖杖で床をつく。

たちまち光が広がり、白い魔法陣が展開された。

金色の光が粒子となって噴き上がり、クルタたちの身体を包み込む。

「主に成り代わり、力なき羊に剣を与えん。デュエ・ソルダート!!」

光の粒がクルタたちの身体へと吸い込まれた。

迸《ほとばし》る閃光《せんこう》、白に染まる視界。

やがて光が収まると、クルタたちは思わず感嘆の吐息を漏《も》らす。

「なにこれ……！　力がどんどん出てくる！」

「今なら魔王でも殴り飛ばせそうな気がするなぁ、おい！」

「流石《さすが》は聖女様、えぐい威力の補助魔法ですね……！」

手足を動かし、身体の調子を確かめるクルタたち。

かつてないほどに身が軽く、そして充実感があった。

クルタが軽く手を振ってみれば、手刀がビュンッと風を切る。

――これならば、あの魔族とも多少はやり合えるかもしれない。

三人がそう感じたところで、クルディオンが笑いながら攻撃を仕掛けてくる。

「補助魔法を掛けたところで、元が弱ければ意味などないわ！　捻《ひね》り潰《つぶ》してくれる！」

「なんの！　どりゃあああっ!!」

クルディオンが繰り出した拳《こぶし》を、ロウガの大盾が弾いた。

予想外の反撃に、クルディオンの肥大化した身体が傾く。

すかさずクルタが飛び出し、その背後を取った。

「そりゃっ!!」

「くっ!!」

クルタの短剣を黒い翼が防いだ。

白い骨格と短剣がぶつかり、激しく火花を散らす。

キィンッと硬質な音が響いた。

クルタはそのまま押し切ろうとするが、相手は魔族。

そう簡単にはうまくいかない。

「はあぁぁっ!!」

「わっ⁉」

翼が一気に押し広げられ、クルタの身体を突き飛ばした。

空中に放り出されたクルタは、猫のように身体を捻ってどうにかうまく着地する。

しかしそこへ、黒い光の玉が襲い掛かった。

「消し飛べッ!!」

「お姉さま、危ない!!」

ニノが飛び出し、クルタを庇《かば》った。

抱き合うような形となった彼女たちは、そのまま床に倒れ込む。

「ニノッ!!」

「平気です、ポーションを飲めば治ります！」

攻撃を躱《かわ》しきれなかったニノの背中には、大きな傷ができていた。

白い肌が赤く濡《ぬ》れて、眼をそむけたくなるほどに痛々しい。

ニノは即座にポーションを取り出して飲むが、傷跡が残ってしまいそうだ。

「グラン・ギリエ！」

ここですかさず、ファムが治癒魔法を使った。

ニノの怪我はもちろんのこと、クルタやロウガの負ったかすり傷までもが一瞬で消失する。

グラン・ギリエは上級の治癒魔法であるが、本来は一人にしか効果がない。

それを複数人まとめて治療できるのは、ファムの膨大な魔力があってこそだ。

「ちっ、なかなかに厄介だな」

「死なない限りは必ず治します！　皆さん、存分に戦ってください！」

「そりゃ心強い！」

「聖女様の後押しがあれば、千人力だね！」

心にゆとりができたせいか、三人の動きがさらに良くなった。

ロウガが攻撃を防ぎ、その隙《すき》にクルタとニノが連携して攻撃を叩き込んでいく。

実力ではクルディオンの方が圧倒的に上なのだが、速さではわずかにクルタたちに軍配が上がった。

攻撃の軽さを手数で補い、二人は徐々にクルディオンを押していく。

「ちょこまかと……!!　教会で戦い始めたのは油断だったな……！」

教会という場所において、魔族の力はいくらか制限される。

それを考慮してもファムを葬れるとクルディオンは踏んでいたが、予想以上に手ごわい。

いっそ教会そのものを破壊して、その効果を失わせようとも考えるのだが……。

それをすれば、たちまち街中の冒険者たちが集まってくることになるだろう。

そうなってしまうと、今以上に面倒だ。

「今ですね……！　お三方、どうにか敵の動きを止めてください！　二十秒でいいです！」

「させるか!!」

ファムは聖杖を高く掲げると、ゆっくりと眼を閉じて意識を集中させた。

その足元に巨大な魔法陣が展開され、魔力がうねり始める。

聖なる魔力が光に変わり、黄金色の風となって周囲に拡散した。

これにはクルディオンも危機感を覚えたのであろう。

どうにか魔法を打たせまいと、猛攻撃を仕掛ける。
だがそれを、クルタたち三人が連携して阻《はば》む。
そして――。
「デュエ・ジュージモ!!」
宙を裂く稲妻、轟《とどろ》く雷鳴。
聖杖の先より放たれた雷は、クルディオンの身体に直撃した。
青白い光が迸り、筋骨隆々の巨体がたちまち焼けこげる。
その威力たるや凄《すさ》まじく、石造の大きな聖堂が揺らいだほどであった。
爆音によって鼓膜が破れそうになったクルタたちは、たまらず頭を押さえる。
「ぐおあああッ!!」
雷鳴に遅れて、断末魔にも似た悲鳴が聖堂全体に轟《とどろ》いた。
――これは倒せたのではないか。
ゆっくりと膝《ひざ》をついたクルディオンを見て、クルタたちはそう確信した。
ファムの放ったデュエ・ジュージモは、並の魔物なら骨すら残さない威力だろう。
加えて、神聖属性であるため魔族との相性《あいしょう》は抜群だ。
魔王級の魔族であろうとも、さすがに通用しないとは思えない。
すると――。

「流石は聖女様、まったく大した威力だ。この私が死ぬかと思いましたぞ。ですが、少し遅かったですな」

全身から血を流しながらも、ゆっくりと立ち上がったクルディオン。

彼は手から魔力の塊を放つと、聖堂奥のステンドグラスを打ち破った。

そこから降《ふ》り注《そそ》ぐのは、柔らかな月の光。

いつの間にか陽《ひ》はとっぷりと沈み、月が高く昇っていたのだ。

「うおおおおおっ!!」

クルディオンの傷が見る見るうちに癒えていった。

それだけではない。

魔力がみるみるうちに膨張し、全身の皮膚から黒い毛が伸び始める。

やがてクルディオンの身体は黒い毛皮で覆《おお》いつくされた。

顔も大きく変形しており、裂けた口元と鋭い牙《きば》は獣のようである。

「な、なんだ……!? このとんでもない魔力は！」

「ふははははッ!! 私は月狼族の血を引いていてな！ 満月の夜、この身の魔力は三倍に達する!!」

「おいおい!! 三倍なんて、いくらなんでも無茶だぞ!!」

「……これは予想外でしたね。こんな奥の手があったとは」

久々に恐怖を感じ、顔を強張《こわば》らせるファム。

獣へと変化したクルディオンの力は、彼女が今まで対峙したいかなる魔族よりも強大かつ邪悪であった――。


――○●○――


「ぐおっ⁉」

「ロウガッ‼‼」

爪《つめ》を大盾で受け止めたロウガが、なすすべもなく吹き飛ばされた。

壁に叩きつけられた彼は、呻き声をあげて倒れ込む。

魔力だけではなく、筋力もそれに比例して飛躍的に増大しているらしい。

先ほどまでとは比べ物にならないほどの剛力であった。

「グラン・ギリエ！」

ファムが治癒魔法を詠唱し、すかさずロウガを癒《いや》した。

だがそこへ、間髪入れずにクルディオンの巨体が襲いかかった。

彼は治療が終わったばかりのロウガの身体へ、再び拳をめり込ませる。

「ふぐぁっ⁉」

「ははは!!　どれほど治したところで、捻り潰してくれるわ!!」

「これでは、治せば治すほど……!」

文字通りのなぶり殺し。

あまりの惨状に、ファムはたまらず顔をしかめた。

クルタとニノはすぐさまロウガの救出へと向かうが、まとめて弾《はじ》き飛ばされてしまう。

「小娘どもが。さあ、逃げろ逃げろ!!」

「げっ!?」

クルタとニノが倒れたところで、クルディオンは追い打ちをかけるように爪を振って斬撃を飛ばした
黒々とした衝撃が、花火のように弾けて拡散する。

降り注ぐ破壊の雨、砕け散る床石。

クルタとニノはすぐさま体勢を立て直すと、どうにかその嵐《あらし》を逃れようとする。

しかし――。

「つっ!　いたぁっ……!!」

「お姉さま!!　……ぐっ!」

クルタの足を魔力弾が貫いた。

それに動揺して動きが止まったニノの脇腹《わきばら》にも、容赦なく光が刺さる。

こうして動きを止めた二人に近づくと、クルディオンは邪悪に溢れた笑みを浮かべた。

「ははは！　先ほどまでの威勢が嘘のようだな!!」

「くぅ、変身さえされなきゃ……！」

「今更もう遅いわ!!」

無慈悲に振り下ろされた爪が、クルタの腕に突き刺さる。

あえて致命傷となる腹や胸は狙《ねら》わず、じわじわといたぶるつもりのようだ。

ニノがとっさに庇《かば》おうとするが、クルディオンはそれを軽々と払いのける。

聖堂の柱に叩きつけられたニノは、苦しげな息と共に吐血《とけつ》した。

「かはっ……!!」

「少し待っていろ。貴様もすぐに相手してやる」

「やめ……ろ……！　お姉さまに……これ以上は……!!」

「はははははっ!!　魔族相手に命乞いとは、無意味なことを！」

月を見上げ、心底愉《たの》しげに笑うクルディオン。

黒い毛皮を返り血に染めたその姿は、まさしく邪悪の化身。

その悍《おぞ》ましい姿にファムは恐怖を抱きつつも、毅然とした口調で告げる。

「そこまでです！　殺すならば、私だけにしなさい！」

「ほう？　聖女ファムよ、自己犠牲の精神は見事だが……。そなた、自身が死ぬ意味はわかっ

ている な？」

聖女が魔族に殺されたとなれば、即座に戦争が始まってもおかしくはない。

大局を考えるならば、この場でファムが打つべき最善手はクルタたちを犠牲にして逃げることであった。

しかし、ファムは一切《いっさい》ためらうことなく言う。

「わかっています。ですが、苦しむ人を見捨てるわけにはまいりません。いざとなれば自爆して、ここにいた痕跡ごと消えましょう」

「何と勇ましい。聖女というよりも、もはや勇者ですな。良いでしょう、その心意気に免じてあなたを最後まで生かして差し上げましょう」

「なっ⁉」

「せいぜい楽しまれると良い。人間たちの散り行くさまを……‼」

爪を振り上げ、クルタの首を刎《は》ねようとするクルディオン。

ファムは全速力で駆けだすものの、間に合わない。

あと少し、あと少しで手が届くのに……‼

聖女が伸ばした指の先で、容赦なく腕が振り落とされる。

その様はさながら、ギロチンが落ちるが如く。

悲惨な光景を想像し、ファムは思わず叫びをあげた。

だが次の瞬間――。

「うおっ⁉」

打ち砕かれたステンドグラス。

そこから飛び込んできた何者かが、クルディオンの巨体を蹴《け》り飛ばしたのだった。

第八話

教会の決戦！

「危なかった……！　大丈夫、クルタさん？」

俺《おれ》は額に浮いた汗を拭《ぬぐ》うと、すぐさま倒れているクルタさんに声をかけた。

本当にギリギリ、あと一秒でも到着が遅れたら殺されていただろう。

かなり無茶をして急いだけれど、その甲斐《かい》があったというものだ。

「ジーク君？　いったい、どこから……」

「ドラゴンから飛び降りてきました。さすがに、足がちょっと痺《しび》れちゃいましたよ」

そういうと俺は、屋根に空いた穴から上空で旋回するドラゴンを指さした。

身体を持ち上げてそれを見たクルタさんは、ぽかんと目を丸くする。

そりゃまあ当然だ、魔界に出かけていたはずの人間がドラゴンに乗って戻って来たなんてそうそう信じられるわけがない。

まして、空から降ってきて屋根をぶち破ったなんて。

自分でも、力技もいいところだと思う。

「ノア……あなた、ノアですね⁉」

続いて反応したのは、ファム姉さんであった。

彼女はすごい勢いで俺に近づいてくると、すぐに顔を覗《のぞ》き込んでくる。

ファム姉さん、近い！　近すぎるって！

その猛獣が肉に食いつくかのような勢いに、俺は少し気圧《けお》されながらもうなずいた。

「良かった、無事だったんですね！　私、あなたのことが心配で……うぅ、うぅぅ……！」

「わ、わわ！　こんなところで泣かないでよ!!」

大粒の涙をこぼし、泣き始めてしまったファム姉さん。

彼女は両手を広げると、そのまま俺の身体を強く抱きしめた。

うぐ、い、息ができない……!!

それにみんながいる前でこれは、いい年してちょっと恥ずかしいぞ……!!

「姉さん、苦しい……離れて……!!」

「ああ、すいません!!　グラン・ギリエ！」

すかさず回復魔法を掛けてくる姉さん。

いや、それはそれで逆にオーバーだよ！

ついでに近くにいたクルタさんたちも癒《いや》されたので、別にいいのだけどさ。

ファム姉さんって、厳しいかと思ったら妙に過保護な部分もあったりして付き合いづらいんだよな。

ウィンスターの実家にいた頃《ころ》も、いつもこんな調子だった。

今にして思えば、甘やかしたいのをずっと堪《こら》えていた……のだろうか？

いやいや、姉さんのことだから単に気まぐれなだけに違いない。

「もう、大げさすぎだよ！　俺だってもう子どもじゃないんだから！」

「子どもじゃなくても、私の弟なのは変わりありませんよ」

「いやそうだけど、年齢ってものを――」

「くぉらあああああっ!!!!」

姉さんの声を断ち切るように雄叫《おたけ》びが響いた。

振り向けば、魔族が恐ろしい憤怒《ふんぬ》の形相《ぎょうそう》を浮かべている。

「この私を無視して、何をさっきからぺらぺらと！」

「す、すいません!!」

「謝るな！　どこの誰《だれ》だか知らんが、捻《ひね》り潰《つぶ》してくれる！」

魔族が月に手をかざすと、たちまち黒々とした魔力が巨大な剣を形成した。

魔力で構成された非実体の刃、さながら魔力剣とでもいうべきものである。

フォンッと大気を震わせる音に、肌が泡立つ。

紫電を迸《ほとばし》らせるその刃は、見ただけでも尋常でない威力を秘めていることがわかった。

「ファム姉さん!!」

「サポートは任せてください。行きますよ！」

「ええ!!」

こうして俺とファム姉さんは、連携して魔族を迎え撃つのであった。


——○●○——


「全力で行きますよ！　デュエ・ソルダート!!」

威風堂々と響くファム姉さんの声。

黄金の風が吹き、たちまち体の底から力が湧き上がってきた。

姉さんの本気の強化魔法を受けるのは、これが初めてなのだけれど……。

あまりの効果に、思わず気が大きくなってしまいそうだ。

実家では調子に乗るからダメと掛けてもらったことがないのだけど、こうしてみるとその理由がよくわかる。

中毒性がヤバいぞ、これ……!!

「これなら……いける！」

「何をたわけたことを」

振り下ろされる魔力の剣。

それを俺は、すかさず黒剣で受け止めた。
山が降ってきたような重い感触。
たまらず押しつぶされそうになるが、どうにか耐える。
流石《さすが》は高位魔族、ファム姉さんの補助魔法を受けてなお凄《すご》い腕力だ。
もし素の状態だったら、一発でアウトだったかもしれない。
「ははは！　これでは動けまい！」
「だったら……これでどうだ……‼」
黒剣が魔力を吸い込み始めた。
特殊な隕石《いんせき》で造られたこの剣は、魔力を吸い込んで蓄えることができる。
実体化しているとはいえ、魔力である以上は吸収できない道理はない。
たちまち魔力の剣が揺らぎ、実体を失いそうになる。
そのことに驚いた魔族は、慌ててその場から飛びのいた。
「ふん！　面白《おもしろ》い剣のようだが、攻撃をすべて防げるわけではあるまい！」
そう言うと、魔族は大剣を信じがたい速度で振るい始めた。
重さのない魔力の剣だからこそできる芸当であろう。
しかし、俺にだってファム姉さんの強化魔法がある。
剣を引いて構えると、敵の速度にどうにかついていく。

剣戟《けんげき》の音が激しく響き、そのたびに魔族の顔が曇った。

どうやらこの魔力の剣、展開しているだけでもかなり消耗する代物らしい。

その上、魔力を吸収されてはたまったものではないのだろう。

「バカな……！　人間が追い付ける速度ではないはずだ！」

「この程度、ライザ姉さんと比べれば大したことないよ！」

「おのれ、小癪《こしゃく》な！　ならばこれでどうだ!!」

剣を放り投げた魔族は、いきなり口から光線を吐いた。

うおっ!?　こいつ、そんなことまでできるのかよ!!

突然の行動に驚いた俺は、とっさに大剣でそれを弾いた。

弾かれた光線が教会の壁に当たり、たちまち大きな穴を空ける。

「溶けてる……!!」

壁は赤熱し、穴の周囲はブクブクと泡が立っていた。

もし俺が手にしていたのが鉄や鋼《はがね》の剣だったら、きっと溶けてしまっていたことだろう。

この剣にしたって、そう何発も受け止めるのはまずい。

魔法を無効化することはできるが、それによって発生する熱までは無効化できないのだ。

「どうだ、我がブレスの威力は!!」

「狼《おおかみ》がそんなの出すなんて、反則めいてるな……！」

「ははは、このまま焼き殺してくれるわ!!」

光線を連続して吐き出す魔族。

これでは、全く近づくことができないぞ……!!

俺はどうにか斬撃を飛ばして反撃するが、分厚い毛皮に弾かれてしまう。

あの毛皮、魔力を帯びていて相当に頑丈らしい。

岩ぐらいなら軽く砕く威力がある斬撃を、軽く受け止めている。

下手なゴーレムなどよりも、よっぽど硬い。

「攻め手がないなぁ？」

「くっ……!!」

「ノア、こうなったらあれを使いましょう!!」

こちらを見て、何やら呼び掛けてくるファム姉さん。

けど、あれってなんだ……!?

俺が戸惑っていると、姉さんはすっと聖杖《せいじょう》を高く掲げた。

――この真似《まね》をして。

姉さんの眼が、確かにそう語っているようだった。

「よしっ！　わかった!!」

俺は姉さんに合わせて、剣を片手で高々と掲げた。

月光を反射し、刃が煌《きら》めく。

その次の瞬間、姉さんの気迫の籠《こも》った叫びが響いた。

「デュエ・ジュージモ!!」

聖杖の先から迸る稲妻。

俺に向かって放たれたそれは、渦を巻きながら黒剣の中へと吸い込まれていった。

おお、これは……!!

膨大な聖の魔力を受け取った黒剣は、自ら強い光を発し始めた。

黒々としていた剣身が白く染まり、陽炎《かげろう》のような神々しいオーラを纏《まと》う。

――聖剣。

俺はまだ実物を見たことはないが、とっさにその言葉を思いつく。

「なんだ、それは……！　その光は……！」

「さあノア！　その剣で悪《あ》しきものを切り裂くのです！」

「くだらん。見た目がそれらしくなったからといって、何ができる!!」

そう言って、魔族は再び口から光線を吐き出した。

俺はそれに刃を立て、斬《き》る。

白く輝く剣は、赤黒い光線をいともたやすく真っ二つにした。

いいぞ、こりゃ凄い……!!

聖なる魔力が不可視の力場を発生させ、刃に触れる直前で敵の光線を弾いていた。

これならば、剣が熱で溶けてしまうこともないだろう。

俺は光を切り捨てながら、次第に魔族との距離を詰めていく。

すると魔族の方も、このままではまずいと感じたのだろう。

一気に勝負を決めようと、魔力を高め始めた。

「うおおおおぉ……‼」

「まだこんなに力が残ってたのかよ……！」

「これは、ちょっと距離を取った方が良さそうだね」

「皆さん、こちらへ‼」

危機を察知して、姉さんが皆を集めて結界を張った。

魔族の攻撃を相当に危険視したのだろう。

その白い結界は、巨人が体当たりしても破れないほどに強力なものだ。

「ぐおあああぁ……‼」

そうしている間にも魔力は高まり続け、大地が揺れ始める。

——この勝負、間違いなくこの一撃で決まる！

俺もまた構えを取ると、瞳《ひとみ》を閉じて極限まで精神を研ぎ澄ませた。

この魔力の攻撃を、押し返すだけの力を！

全身の細胞の一つ一つにまで意識を行き渡らせ、力を絞り出す。

そして――。

「滅び去れ!!」

「はあああぁっ!!」

振り下ろされた魔力の剣。

魔力が限界まで充填《じゅうてん》されたそれは、先ほどまでよりも二回りは大きかった。

終末を予感させる斬撃。

それに向かって、俺は迷うことなく飛び込んでいく。

――切断。

俺の放った攻撃が、敵の斬撃を粉砕した。

勢いに乗った俺は、そのまま宙に躍り出て魔族に斬りかかる。

驚きながらも魔力剣でそれを防ごうとする魔族だが、俺はその剣ごと――。

「どらあああっ!!」

「あり……え……な……い!!」

響く断末魔、分かれて滑り落ちる巨体。

聖女の魔力を受け、白く輝く剣は……邪悪なる魔族を一刀両断したのだった。

――○●○――


「ふぅ……！　何とかなった」

額に浮いた汗を拭き、ほっと息をつく俺。

二つになり、倒れた魔族の巨体。

その眼は既に白く濁り、異様な速さで腐敗が進みつつあった。

高位の魔族になればなるほど、その身体は魔力によって構成される部分が大きい。

そのため生命が失われると、すぐに形が保《たも》てなくなってしまうのだ。

こうして魔族の死を確認した俺は、姉さんたちの方へと振り向く。

「みんな、大丈夫だった？」

「ええ、こっちは平気です」

「聖女様が結界を張ってくれたおかげで、何とか無事だよ」

元気そうに笑う姉さんたち。

姉さんが気を利《き》かせて結界を張ってくれて、本当に良かった。

周囲を見渡せば、整然と並べられていた長椅子《ながいす》は吹き飛び、太い柱は穴だらけ。

聖堂自体がよくぞ持ちこたえてくれたというような状況である。

もし結界がなければ、みんなどこかへ吹き飛ばされてしまっていたに違いない。

それほどまでに、あの魔族の攻撃は激しかった。

「あの凶悪な魔族を倒すとは。いつの間にか、腕を上げたようですね」

「あはは、姉さんの魔法が無かったら危なかったよ」

「ノアならば、あの魔法もすぐに一人で使えるようになるでしょう。戻ったらすぐに修行しましょうね」

「いや……すぐに修行は、勘弁してほしいかな……」

「それはいけません。いつまた、あのような魔族が現れるかわからないのですから。常に危機感を持って過ごすことは、戦う者として――」

つらつらとお説教を始めたファム姉さん。

しまった、変な方向に話を進めちゃったな……!!

俺はとっさに後悔するのだが、もう遅い。

一度こうなってしまうと、ファム姉さんってこっちの話を全然聞かないんだよな。

下手に話を遮《さえぎ》ると、お説教が五割増しになったりするし……。

俺がそう思っていると、すっかりぼろぼろになっていた聖堂にとんでもない大音響が轟《とどろ》く。

「ジーークーーッ!!!!」

うわっ!?　ライザ姉さん!?

どうやら、スカイドラゴンを降りてここまで走って来たらしい。

扉を乱暴に押し開けた彼女は、そのまま俺たちの方へと歩み寄ってくる。

「良かった、無事だったんだな‼」

「ええ、まあ」

「魔族はどこだ⁉　私もだいぶ回復したからな、手伝おう！」

「……それならもう倒しましたよ。私たちで」

話を遮られたことが、どうにも気に入らなかったのであろうか。

どこか冷たい声で、ファム姉さんがライザ姉さんに告げた。

その妙に迫力のある声に、流石のライザ姉さんもわずかにたじろぐ。

「そ、そうだったのか。それは良かった」

「良かったではありません！　ライザ、あなたがいながら何をしていたのですか‼」

「私は、その……他の魔族を倒すのに精いっぱいでだな……」

「もう！　剣聖たる者がその程度でどうするんですか！」

「なっ‼　言っておくが、私の倒した魔族は――」

ああでもない、こうでもないと言い争いを始めてしまう姉さんたち。

するとここでクルタさんが恐る恐ると言った様子で尋ねる。

「あ、あの‼　ちょっといいですか？」

「……あら、何でしょうか？」

「その、さっきから話を聞いていると……聖女様はジークのお姉さんなんですか？」

「ええ、お姉ちゃんです！」

……やけに、大きな声で主張するファム姉さん。

それを聞いて、クルタさんはさらに質問を続ける。

「つまり、ライザさんとも姉妹《しまい》？」

「その通りです」

クルタさんたちはひどく驚いたような顔をした。

彼女だけではなく、ニノさんやロウガさんまでもが戸惑った顔をしている。

そりゃそうか、剣聖と聖女が姉妹だってことはほとんど知られてないもんな。

姉さんたちも、普段は隠すようにしているらしいし。

「ちょっと待ってくれ。確か、シエルもジークの姉ちゃんだって言ってたよな？　ということは……」

「ええ、私たちの妹ですね」

「おいおい、剣聖と賢者と聖女が姉妹なのかよ……」

「それだけで、世界の半分ぐらいを牛耳《ぎゅうじ》ってないかな」

「そんなことは……さすがにないですよね。姉さん？」

俺がそう問いかけると、姉さんたちは何故《なぜ》か意味深な笑みを浮かべた。

いや、ここでそんな顔されるといろいろシャレにならないよ！

我が家って、別に世界を陰から操《あやつ》ってるとかそういう存在じゃないよね……？

姉さんたちなら本当にできそうなのが怖いのだけど。

もしそうだとしたら、俺の考えていた世界観が崩壊しちゃうぞ。

「……それより、早く事の顚末《てんまつ》をギルドに報告した方がいいな」

いつの間にか、騒ぎを聞きつけた住民たちが聖堂の外に集まっていた。

このまま放っておくと、街が大混乱に陥《おちい》ってしまうかもしれない。

早いうちにギルドや領主様に連絡して、対応を取ってもらった方がいいな。

魔族が街の中、それも教会で暴《あば》れたなんて話が無秩序に広がったらとても厄介だ。

「ファム姉さんはどうします？」

「そうですね、何かあった場合は現地の教会に報告する手はずだったのですけど……」

「その教会が、この有様《ありさま》ですものね」

そう言えば、教会にいるはずのシスターさんたちはどうなったのだろうか？

まさか、この戦いに巻き込まれちゃったんじゃ……。

俺がそんなことを考えたところで、聖堂の脇《わき》にあったドアがガタッと音を立てて開いた。

そして中から、見慣れたシスターさんたちが現れる。

「……ほっ。もう終わったようですね」

「シスターさん！　良かった、避難してたんですね！」

「ええ。とんでもない魔力が発生したので、結界を張って籠《こも》ってました」

そう言うと、シスターさんはファム姉さんの顔を見て首を捻った。

どこかで見たことはあるが、名前を思い出せないといった状態らしい。

すると姉さんは、柔らかく微笑みながら自らの身分を告げる。

「初めまして。挨拶《あいさつ》が遅れましたが、聖女のファムです」

「せ、聖女様⁉　来訪されるとはお伺《うかが》いしておりましたが、は、はひぃ⁉」

「ああ、そんなに慌てなくても！　過呼吸になってしまいますよ！」

予期せぬ大物の登場に、動揺を隠せないシスターさん。

姉さんは彼女の肩に手を掛けると、やれやれと困ったように告げる。

「私はひとまずこの場に残りますから、皆さんは先にギルドへ」

「わかった。ファムも後で来てくれ、いろいろと聞きたいことがある」

「ええ、ではまたあとで」

こうして俺たちは、ファム姉さんを教会に残してひとまずギルドへと向かうのだった。

第九話

迷宮都市の聖剣

「どうやら、こちらが思っていた以上の大ごとになりつつあるな……」

俺《おれ》たちから報告を聞いたマスターは、盛大に頭を抱えた。

事の内容が内容だけに、こうなってしまうのも無理はないだろう。

そもそも、支部のマスターの権限を大きく超えた話である。

できることなら、すぐにでも上位者に話を投げてしまいたいところだろう。

「敵の目的が戦争を起こすことにあるなら、あの魔族の血も囮《おとり》かもしれないですね」

「その可能性も十分にあり得るな。いずれにしても、我々にできることは連中の挑発に乗らないことか」

「それと、備えをかかさないことだろう。もしも、魔界で開戦派が大きな勢力を握れば……」

「もはや理由なんて関係なく、魔族が押し寄せてくると?」

俺の問いかけに、ライザ姉さんは静かにうなずいた。

穏健派の魔王を追い落とすべく、人間界との大戦を望む王弟。

現在はまだ、開戦するための理由を揃《そろ》えなければ身動きが取れないようなのだが……。

もし彼らが今以上の力を握れば、魔王派を押し切ってくる可能性は十分にある。

「ううむ……。いずれにしても、私の裁量は完全に超えてしまっている話だ。グランドマスターの判断を仰《あお》がなくては」

「できるだけ早急に頼む」

「任せてくれ。ちょうど定例会があるので緊急の議題としてあげさせてもらおう」

そう言ったところで、マスターは部屋の端で小さくなっているウェインさんを見た。

今回の遠征において、彼は大きく活躍できたとは言い難《がた》い。

そのことについて、本人も自覚があるのだろう。

数日前までの横柄な態度はどこへやら、借りてきた猫のようにおとなしくなっている。

見ていて少し、可哀想になってくるほどだ。

「念のため、ウェイン君にも確認なのだが。先ほどの報告、相違ないかね？」

「ええ、ライザ殿とジーク殿のお伝えした通りです」

「そうか……」

「今回は、Sランクとして不甲斐《ふがい》ない姿をお見せしました。我が身を恥じ入るばかりです」

深々と頭を下げるウェインさん。

……まさか、これほどまでに素直に彼が謝罪をするとは。

今までの行動が行動だけに、ちょっとばかり意外である。

ヘルと名乗った魔族の精神操作から解放されたせいなのか。

それとも、姉さんを見て上には上がいると思い知ったからなのか。

いずれにしても、いい方向の変化なのではなかろうか。

「これからも、その心構えを忘れないでくれ」

「はい！」

「しかし、Sランクですら魔族に対抗するには不十分とは……」

顔の前で手を組みながら、心底困った顔をするマスター。

仮にもSランクのウェインさんが通用しなかったのである。

親書の受け渡し自体はうまく行ったので、当面の間は大丈夫なのだろうが……。

もし何かあった時、今の状況では街の防衛も心もとない。

「一つ、いい方法がありますよ」

「おお、これは聖女殿！」

いつの間にか、ファム姉さんが部屋に入ってきていた。

教会での所用を済ませて、すぐにこちらへとやって来たらしい。

聖十字教団の代表の登場に、マスターは椅子から立ってお辞儀をした。

その顔には、いつになく緊張の色が窺える。

聖女といえば、場合によっては大国の王以上に権威のある存在。

俺やライザ姉さんは家族ということであまり意識してはいないが、そりゃ緊張してしまうのも当然か。

「それで、いい方法というのは？」

「ここにいるノアに聖剣を取りに行ってもらうのです。あれがあれば、魔族に対する威嚇《いかく》になるでしょう」

「聖剣か。だがそれならば、私が持つべきではないか？」

そう言って、不思議そうに首を捻《ひね》るライザ姉さん。

その疑問はもっともだった。

剣聖である姉さんと俺との間には、未《いま》だに埋めがたい実力の差がある。

姉さんは俺の倍……いや、三倍ぐらいは強いだろう。

抑止力という意味でならば、姉さんに聖剣を持ってもらう方が数段確実だ。

そもそも、俺では聖剣を使いこなせないのではなかろうか。

「ええ、ですのでライザにも聖剣は持ってもらいます」

「ん？　その言い方だと、聖剣が二本あるようなのだが」

「……その通り。ウィンスター王国が保有する剣と我が聖十字教団が保有する剣の二種類があります。どちらかと言えば、我が教団が保有する方が優れていると伝わっていますね」

「なっ、それは初耳だな」

驚いた顔をするライザ姉さん。

俺も、聖剣が二本あるなんて話は初めて耳にした。

かつて勇者を輩出したウィンスター王国。

聖剣はその王家に代々伝わる唯一無二の宝のはずなのだ。

俺が昔、散々聞かされてきた勇者の物語でも聖剣は一本しか出てこない。

「二本目の聖剣は、一本目の聖剣と比べても強大な力を持つ剣でした。そのため勇者様は、悪用を恐れて我が教団に剣の封印を依頼されたのです。そして、その依頼に答えた聖女は剣の存在自体を闇《やみ》に葬ったとか」

「なるほど、あり得なくはない話だな」

「現在、聖剣は我が教団の管理する迷宮の奥底にあります。迷宮を踏破した者にのみ、聖剣を握る資格が与えられるそうです」

「勇者様からの試練というわけですね。でも、それならなおさら――」

ライザ姉さんが向かうべきではないか。

俺はそう、言葉を続けようとした。

勇者様の試練を突破するとなれば、なおのことライザ姉さんの方が向いている。

まだまだ未熟な俺では、とても迷宮の奥底になんてたどり着けないだろう。

しかし、ファム姉さんは眼をキラキラと輝かせながら告げる。

「ノア、私はあなたがあの魔族を斬《き》った時に確信しました。あなたには才能があると」

「は、はぁ……」

「それを育てるために、あなた自身が聖剣を取りに行くべきなのです。かつて勇者が女神の試練を乗り越え、不死身の力を得たように――」

つらつらと語り続けるファム姉さん。

その内容はひどくまとまりがないのだが……期待を寄せているのは間違いなさそうだ。

いつも俺に対して、頼りないと口癖のように言っていたファム姉さんがである。

これは、何としてでも応《こた》えなくては……！

俺がそんなことを考えていると、ファム姉さんが言葉を区切って言う。

「ちなみにこれは、お姉ちゃんからの試練も兼ねています！　もし迷宮に行くのを拒否したり、探索に失敗したら実家に帰ってきてもらいますからね！」

「ええっ⁉　そ、そんな‼」

突然のことに、思わず声を上げてしまう俺。

するとファム姉さんは、俺の額にツンッと指を立てて言う。

「当たり前です！　聖剣もないのにこんなところにいたら、危ないですから！」

何だろう、聖剣を護身用アイテムかなんかと誤解してないか……⁉

俺が戸惑っていると、ファム姉さんはさらに畳みかけてくる。

「三か月です。三か月以内に、どうにか聖剣を手に入れてください。それまではノアが冒険者をすることを許可してあげますから」

「手に入れられなかったら?」

「さっき言ったでしょう。おうちに帰るんですよ」

そう言うと、やけにいい笑顔をするファム姉さん。

ライザ姉さんやシエル姉さんのように、いきなり戦えって言ってこなかったのはありがたいのだけれど……。

こりゃ、下手をすると今までで一番厳しい条件かもしれないぞ‼

こうして俺は、聖剣を手に入れるべく迷宮に潜ることとなったのだった――!

第十話　目指せ、迷宮都市

「カンパーイ!!」

事件の翌日、俺《おれ》たちはギルドの酒場で宴《うたげ》を行っていた。

まだまだ予断を許さない状況とは言え、魔族の侵攻をひとまず防いだのである。

みんなの疲れを取るために、たまには骨休めが必要だ。

ちなみに、アルカへの連絡も既に済ませてある。

彼女の話によれば、親書らしきものは既に魔王の手に渡ったとのこと。

こちらの任務も、ひとまずは無事に完了していた。

「費用はギルドで出しますから、今日は遠慮せずに騒いでくださいね！」

「おお、太っ腹じゃねえか！　マスターも気が利《き》くなぁ！」

受付嬢さんの言葉を聞いて、ここぞとばかりにがっつくロウガさん。

エールを呷《あお》り、骨付き肉を豪快にかじる姿は山賊か何かのようである。

そのあまりお行儀のよくない姿を見かねて、ニノさんはそっとハンカチを差し出す。

「口元、汚れてますよ」

「おおう、すまんすまん！」

「タダだからって、そんなに一気に食べるからです。下品ですよ」

「そう固いこと言うなって。野郎なんてこんなもんだろ」

エールを片手に、思い切り笑うロウガさん。

ニノさんの言うことももっともだけれど、今ぐらいは羽目を外してもいいだろう。

ロウガさんの場合、一年中こんな調子のような気もするけれど。

基本的に、調子のいい人なんだよな。

「あのウェインって冒険者は来ないんだね」

「反省すべき点が多かったとか言っていたからな。顔を出しづらいのだろう」

「マスターに報告に行った時も、居づらそうな顔してたからなぁ」

「いい薬になったんじゃないか。あれで意外と筋は悪くないから、反省して鍛錬すれば伸びるかもしれん」

そう言うと、エールをトクトクと飲むライザ姉さん。

依頼中はあれこれと不満を言っていたが、意外にもウェインさんに対する評価はさほど悪くないらしい。

まだ二十歳過ぎだし、態度を改めれば伸び代はあるということなのだろう。

根っからの悪人というよりは、調子に乗っちゃってるって感じだったしね。

「それより、私としてはファムがやけに素直に帰っていったのが気になるな」

「そうですね、ライザ姉さんみたいに残る様子もなかったですし」

ギルドへの報告を済ませた翌日。

帰り支度《じたく》を整えたファム姉さんは、早々にウィンスターへと引き上げていった。

ライザ姉さんやシエル姉さんと比較すると、驚くほどに早い帰宅である。

迷宮探索という宿題を出していったとはいえ、この対応は少し不気味だ。

ライザ姉さんなんて、こっちに家を買って残ってしまったというのに。

「まぁ、聖女がずーっと辺境に残るわけにもいきませんしね。忙しいんでしょう」

「……その言い方だと、残った私が暇人みたいだな？」

「え？　いや、別にそんなつもりはないよ！」

不機嫌さを露《あら》わにしたライザ姉さんに対して、俺はとっさに笑って誤魔化《ごまか》した。

実は、剣聖という役職には定まった仕事はない。

さらに姉さんの場合は道場なども開いていないので、基本的には自由だった。

スケジュールが過密になりがちな他の姉妹《しまい》と比べると、言ってしまえば暇である。

別に何か問題があるわけでもないが、どうも本人としては気になるらしい。

……しまったな、余計なこと言わなきゃよかった。

俺がそう後悔していると、ロウガさんがそれとなく話題を切り替えてくれる。

「……ま、迷宮攻略となると戦うより厄介かもしれないがな」

「ロウガさん、迷宮に潜ったことがあるんですか？」

「ああ、昔の話だけどな。一攫千金《いっかくせんきん》を狙《ねら》ったんだが、うまくいかなくてなぁ」

「僕は迷宮はちょっと苦手かな、暗いしじめじめしてるし」

あまりいい思い出がないのか、ちょっぴり嫌そうな顔をするクルタさん。

それに同意するように、ニノさんもまた渋い顔をした。

高位の冒険者である彼女たちが、揃《そろ》いも揃ってこの反応である。

迷宮というのは、なかなかに厄介《やっかい》な場所であるようだ。

「そう言われると、ちょっと怖くなってきましたね」

「潜る場所の難易度にもよるが、俺たちならどうにかなるとは思うがな」

「ちなみに、その迷宮ってのはどこにあるんだい？」

「ここから北東にある、ヴェルヘンって街ですね」

「おお、迷宮都市じゃねーか！　探索者たちの聖地だな！」

かなり有名な場所なのか、興奮した様子のロウガさん。

探索者たちの聖地……か。

このラージャと似たような雰囲気なのだろうか？

というか、探索者って単語は初めて聞くな。

「探索者って、冒険者とは違うんですか？」

「ああ、ジークは知らないのか。迷宮探索を専門にしている冒険者を探索者って言うんだよ。特に何か資格があるってわけでもないから、冒険者の一種だな」

「実態は普通の冒険者とはだいぶ違うんだけどね。探索者の場合、ギルドよりも商会とのつながりが強いし」

「商会？」

「そ。迷宮の管理をしてる商会があってね。探索者はギルドよりもそっちを利用することが多いかな」

　へえ、そんなところがあるのか。

　使っている組織からして別となると、探索者には独自のルールとか結構ありそうだな。気を付けていないと、知らないうちにルール違反をしてしまったら大変だ。

「ひとまず、商会に利用登録をして初心者用の迷宮ぐらいから始めるべきだな」

「迷宮都市にもありますか？　初心者用」

「もちろん。あの街には確か……」

「十二の迷宮があるよ。初心者用から超上級者用まで、一通り揃ってる」

「そう、十二だ！　もう十年も前のことだから、すっかり忘れちまってらぁ」

　ポリポリと頭を掻《か》くロウガさん。

迷宮が十二か所もあるとは、すっごい規模だなぁ……！

十年ぐらいかけても、全部攻略することは難しそうだ。

「ちょっと、迷宮都市に興味が出てきましたね。面白《おもしろ》そう！」

「迷宮は冒険者のロマンだからな。惹《ひ》かれる気持ちはよくわかるぜ。

「じゃあ、さっそく出かけようか。迷宮都市まで、確か定期便が出てたはずだよ」

「ならば、さっそく次の便で移動するべきだな。ところで……」

急に、何やら深刻な顔をしたライザ姉さん。

いったい何を言うつもりなのだろう？

何とはなしに嫌な予感がした。

「先ほど語られていた商会というのは、正式な名前を何というのだ？」

「え？　……フィナーレ商会だったかな？」

「もう、フィオーレ商会ですよ」

「む、やはり……」

「フィ、フィオーレ商会⁉」

揃って顔色を悪くする俺とライザ姉さん。

フィオーレと言えば、アエリア姉さんが会頭を務める商会である。

最近では急速な多角化を推し進めて、数えきれないほどの事業をしているという話だったけれど……。

迷宮の管理なんてところにまで進出していたのか。

「どうかしたの？　急に変な顔しちゃって」

「いや……フィオーレの会頭とはちょっとした縁が合って。びっくりしたんです」

「そうなんだ。最近、商会の勢いは凄いらしいよ。探索者の知り合いから聞いたんだけど、人気のない迷宮の権利をギルドから買い取ったとか。都市の運営も牛耳ってるらしいし」

「へ、へぇ……すごいなぁ……」

言われてみれば、そんな話をアエリア姉さんから聞いた覚えがあるな……。

モンスターの乱獲で採算性が悪化した迷宮を、きちんと資源管理をして再生させるとかどうとか。

あの時は聞き流しちゃっていたけれど、思わぬところでかかわってきたものだ。

大陸屈指の商会だから、そのうち何かあるんじゃないかとは思っていたのだけれども。

「……ひょっとすると、これがあるからファムはあっさりと引き下がったのかもな」

そっと耳打ちをしてきたライザ姉さん。

その可能性は十分にあるなぁ……。

アエリア姉さんの息が掛かった場所なら、こちらの監視とかもしやすいだろう。

それに迷宮探索となれば、拠点となる場所からしばらくは動けない。

ということは……。

「次は、アエリア姉さんと会うことになるかもしれませんね。迷宮都市で」

「恐らくは来るだろうな」

深々とうなずくライザ姉さん。

どうやら、いよいよ家長であるアエリア姉さんが立ちはだかるようだった――!

エピローグ

第四回お姉ちゃん会議

「まさか、ファムまで失敗するとは思いませんでしたわ！」

魔族クルディオンの襲撃から、およそ一週間。

無事にウィンスターまで帰り着いたファムは、早々に他の姉妹《しまい》を集めて会議を開いた。

議題はもちろん、未《いま》だに家出中の弟についてである。

「聞けば、ラージャは既に危険な様子。多少、手荒になっても連れ帰ってくるべきでしたわ」

「そのようなことをすれば、私たちへの反発が強まってしまうでしょう。結局はまた同じように家出されてしまいます」

「その都度、連れて帰ってくれば問題ありませんわ」

「そんなことしてたら、ノアの負担となってしまいます。それに、実際に会ってみてノアの成長を肌で感じることができました。あれならばきっと、辺境の人々の助けとなることも可能でしょう！　やがては救世主として――」

ノアへの想《おも》いが爆発《ばくはつ》してしまったのだろう。

ファムは普段のおっとりとした口調からは想像できないほどの早口で、あれやこれやと捲《まく》し立てた。

するとアエリアは、スッとそれを手で制して告げる。

「そこまでですわ。ファム、あなたの言い分はわかりました。ですがあえて言わせていただきます」

ひとつ呼吸を置き、もったいぶるアエリア。

姉妹の緊張感がにわかに高まり、部屋の空気が張り詰めた。

そして――。

「わたくしは、ノアが良ければそれでいいのですわ！　辺境の地がどうなろうとも、ノアの安全の方が重要ですの！」

「……気持ちはわかるけど、姉さんが言うとシャレにならないわよ」

「公私混同？」

「ふ、構いませんわ。わたくし、ノアのためならばいくらでも職権濫用しましてよ」

「さすがに聖女として、そこまでの行動をとるわけには……」

鼻息も荒いアエリアを、まあまあと宥《なだ》めようとするファムたち。

ノアが大切なのは皆同じだが、流石《さすが》にそこまで極端な行動を起こされても困る。

実際、アエリアが本気を出せば国の一つや二つ潰《つぶ》れかねないので質が悪かった。

「……けど、ファムも何だかんだよくやったじゃない。ノアが迷宮都市に行くように誘導してきたんでしょ？」

「ええ、まあ」

「あそこはアエリア姉さんのお膝元《ひざもと》でしょ。実質、捕まえたようなものだわ。そうでしょ？」

「……言われてみればそうですわ。あの街の探索者は、ほぼすべてうちの商会の支配下にあると言っても過言ではないですわね」

「だったら、そこまで言うことないじゃない。ファムも仕事は果たしたわ」

自身もノアを連れ戻せなかった負い目があるからであろうか。

そう言って、シエルはファムのことを庇《かば》った。

すると、その言葉に多少なりとも理があると思ったのであろう。

アエリアは深呼吸をすると、いくらか落ち着いた様子を見せる。

「わかりましたわ。では次は、このわたくしがノアを連れ戻しに行きましょう」

「いよいよ、家長のお出まし」

「……ノアも次こそは逃げきれそうにないわね」

「ノア、私はこのウィンスターの地からあなたの無事を祈っております……」

長女の出陣に、ざわめく姉妹たち。

直接的な戦闘力では、エクレシアに次いで低いアエリアなのであるが。

その苛烈《かれつ》な性格と社会的地位からくる力は計り知れなかった。

――流石のノアも、アエリアが乗り出したからには連れ戻されるだろう。

姉妹たちがそう思ったところで、アエリアはふと呟《つぶや》く。

「しかし、ちょっとまずいですわね。お仕事がまだ半年分は残っておりますわ。流石にこれをすべて放り出していくと、この国が潰れて面倒なことになりますし……」

「な、なによ？　急にこっちを見て」

「シエル、あなたは少し時間がありましたわよね？　いくらか、商会のお手伝いをお願いいたしますわ」

「げっ！　それは……」

たちまち顔を青くしたシエル。

アエリアの手伝いは、およそ手伝いの範疇《はんちゅう》を超えた重労働である。

丸一日……いや、場合によっては三日ほど机に向かって書類仕事をしなければならない。

そういった仕事には慣れている賢者とはいえ、可能ならば避けたかった。

「エクレシアも、予定が空いていましたよね？　お手伝いお願いしますわ」

「……拒否権を発動する」

「長女権限で却下ですわ」

さらに巻き込まれてしまったエクレシアは、絶望のあまり机に突っ伏した。

それを見たファムは、すかさずアエリアに頭を下げて言う。

「私は聖女としての職務で、日々手いっぱいですので。お仕事をなさる皆様のご武運を、教会よりお祈りしておきますわ」

そう言うと、ファムは部屋から逃げ出そうとした。

それを見たシエルとエクレシアは、たちまち声を上げる。

「逃がさないわよ‼」

「抜け駆けは許さない」

「本当に、本当に聖女としての仕事が忙しいんですってば‼」

こうして、教会に内職を持ち込むこととなったファム。

彼女たち姉妹の力添えもあり、アエリアは無事に出張の準備を整えた。

いよいよ、長女の出陣である――！

おまけ

ファム姉さんのマッサージ

「あたた……！」

ギルドへの報告を終えた直後のこと。

執務室を出たところで、俺《おれ》は鋭い痛みに足を止めた。

これはたぶん……筋肉痛だろうか。

あの魔族と戦ったときに、ずいぶんと無茶したからなぁ。

自身で魔力強化をした上に、さらにファム姉さんの強化魔法を上乗せしたのである。

身体が悲鳴を上げるのも無理ないというか、これぐらいで収まって良かったぐらいだ。

「大丈夫か？　宿まで手を貸してやろうか？」

「平気、流石《さすが》にそこまでもないですよ」

「ならいいが……。ほれ、これでも飲んでおくと良い」

そう言って、ライザ姉さんは上級ポーションを取り出した。

流石は剣聖、一本につき十万はする高級品だというのにためらいがない。

俺は素直にそれを受け取ると、栓を開けて飲もうとするのだが――。

「あっ！　いけませんよ！」

後から執務室を出てきたファム姉さんが、すかさず俺の手を止めた。

彼女はほっと息をつくと、たしなめるように言う。

「今の状態でポーションを飲んでも、逆効果ですよ」

「そうなんですか？」

「ええ。ノアの身体は、身体強化と補助魔法で過剰な魔力に晒《さら》された状態にあります。その状態でさらにポーションを飲めば、さらにひどいことになります」

そう言って、ファム姉さんはライザ姉さんの顔をちらりと一瞥《いちべつ》した。

その視線は冷たく、さながら凍り付くかのようである。

それに流石のライザ姉さんもばつが悪くなったのだろう。

たまらず、ぶんぶんと首を横に振って言い訳をする。

「わ、私はいつもそれで具合が良くなっていたのだ！　本当だぞ！」

「それはライザだからです！　あなたの身体は、魔法が使えないわりに許容値がとんでもなく大きいんですよ」

「む、そうだったのか……」

「自分の身体のことなのですから、少しは把握しておいてください。あなたの基準でいろいろされると困ります！」

ファム姉さんの言葉に、俺はすかさず同意した。

そうなんだよな、ライザ姉さんを基準にされても困るんだよな！

「……そうだ。ノア、もし筋肉痛が辛いのであれば私がマッサージをしてあげましょう」

「え？　ファム姉さん、そんなことできるの？」

「はい。私を誰《だれ》だと思っているのですか、聖女ですよ？」

そう言われても、聖女とマッサージってどうにも結びつかないのだけど……。

本人がこれだけ自信満々に言うのだから、きっと上手なのだろう。

筋肉痛も結構きついし、いっそ頼んでみるか。

「じゃあ、お願いします」

「では、あとで私の宿まで来てください。そこで施術《せじゅつ》しますから」

こうして俺は、姉さんの部屋でマッサージを受けることになったのだった。


――○●○――


「流石は聖女、すっごい部屋だなぁ……」

ファム姉さんの部屋に入った途端、俺は思わず感嘆してしまった。

ウェインさんも泊まっていた、ラージャで一番の高級ホテル。

その中でも最上級とされる、エクセレントスイートなる部屋に姉さんは泊まっていた。

その内装は豪華絢爛《けんらん》で、どこぞの王宮のような雰囲気。

窓辺にある天蓋付きのベッドは大きく、頑張れば家族四人ぐらいで眠れそうだ。

これで一人用だというのだから、逆に持て余さないか心配になる。

他にも気品あふれる調度品がたくさんあって、貧乏性の俺としてはどうも落ち着かない。

「さあ、さっそくベッドに横になってください」

「ね、姉さん⁉　どうしたのその恰好！」

やがて奥から現れたファム姉さんは、何故《なぜ》か妙に薄着であった。

白い薄絹から肌が透けて、ボディラインが露《あら》わになってしまっている。

はっきり言ってこう……聖女らしからぬエッチな雰囲気だ。

え？　いや、これから何をするんだ⁉

突然のことに俺が戸惑っていると、姉さんはポンポンとベッドを叩《たた》く。

「さあ、早く。何をためらっているのです？」

「い、いやその……」

「大丈夫、最初は痛いと思いますがすぐに良くなりますわ」

だから、本当に何をするんだ⁉

俺が戸惑っていると、業《ごう》を煮やした姉さんが肩に手をかけてきた。

こうしてベッドに横になると、すかさず上着を脱がされる。

そして背中に、何やらぬるっとした物が塗られた。

「ね、姉さん？　俺は……」

「さあ、施術を始めますわ。危ないですから、しばらく動かないでくださいね」

そういうと、姉さんは指先に小さな火を灯《とも》した。

……え？　一体どうするつもりなんだ？

俺がぽかんとしていると、姉さんはその火を俺の背中に近づけて――。

「はちゃっ!!　燃えた、背中が燃えた!!」

「ただの温熱療法です、危険はありませんから」

「いやでも、燃えてる!!　熱い!!」

あまりの熱さに手足をばたつかせる俺。

しかしそれを、姉さんがすかさず押さえつけた。

こうして数十秒後、どうにか背中の火が消えたところで。

姉さんは親指を突き出し、何やら妙な構えを取る。

「さあ、十分に温まったところでツボを押しますよ。かなり痛いですから、歯を食いしばってくださいね」

「……うぎゃあ！　痛い、痛いいぃ!!」

「耐えるのです、ノア！　明日の元気のためですよ！」

「これ、やるぐらいなら、明日、元気でなくてもいいよ‼」

「ダメです！　今日治せるものは、今日治しておきましょう！」

そういうと、一切《いっさい》の容赦なくツボ押ししてくるファム姉さん。

痛い、本当に痛い‼

小さい剣を、ゴリゴリ押し込まれてるみたいだ‼

こうして、苦痛に耐えること十数分。

結果的に、筋肉痛はすっかり取れて具合も良くなったのだが――。

「……ファム姉さんのマッサージは、もう絶対に受けないでおこう」

そう、固く固く心に誓ったのであった。

あとがき

読者の皆様、こんにちは。

作者のkimimaroです、本作をお手に取って頂きありがとうございます。

早いもので、『家で無能』シリーズも無事に三巻を迎えることが出来ました。

これもひとえに、応援してくださっている読者の皆様のおかげです。

コロナ禍の中、ここまで続いてくれたのは本当にありがたいことだと思っております。

この調子でひとまずは姉全員の登場を目指して頑張っていきますので、今後もお付き合いいただけると幸いです。

コミカライズも、順調にいけばこの冬に開始予定です。

そちらにもぜひご期待ください、ノアはもちろんのことライザやクルタと言ったおなじみの仲間たちが迫力満点の大活躍をすることでしょう。

作者である私自身も、漫画となることを今から楽しみにしております。

さて、話は戻りまして。

三巻ではいよいよ第三の姉として聖女ファムが登場しました。

魔族の幹部やSランク冒険者なども登場し、物語も少しずつ動き始めます。

世界の情勢すらも変化する中で、ノアは果たしてどのように動くのか。

ぜひ、彼のチートな活躍ぶりにご期待ください。

一、二巻と比較しても大幅にパワーアップしております！

また今回も、もきゅ先生が素晴らしいイラストをたくさん描いてくださいました。

ファムの聖女らしからぬ色っぽいシーンなどもございます。

こちら本当に妖艶な感じに描いてくださって、作者の私もドキッと致しました。

どのようなシーンなのか、ぜひぜひ読んでご確認ください。

最後に、編集氏をはじめとする本作の出版にかかわった人々への感謝を。

この場を借りてではございますが、お礼申し上げます。

二〇二一年　十月　kimimaro

ファンレター、作品の
ご感想をお待ちしています

〈あて先〉

〒106－0032
東京都港区六本木2－4－5
SBクリエイティブ（株）
GA文庫編集部 気付

「kimimaro先生」係
「もきゅ先生」係

本書に関するご意見・ご感想は
右のQRコードよりお寄せください。

※アクセスの際や登録時に発生する通信費等はご負担ください。

https://ga.sbcr.jp/

家で無能と言われ続けた俺ですが、世界的には超有能だったようです 3

発　行　　2021年11月30日　初版第一刷発行
著　者　　kimimaro
発行人　　小川　淳

発行所　　SBクリエイティブ株式会社
〒106－0032
東京都港区六本木2－4－5
電話　03－5549－1201
03－5549－1167（編集）

装　丁　　AFTERGLOW

印刷・製本　中央精版印刷株式会社

ISBN978-4-8156-1209-2
Printed in Japan　　GA文庫

信長転生　～どうやら最強らしいので、乱世を終わらせることにした～

GA文庫

著：三木なずな　画：ぷきゅのすけ

「ムカつくから死ね！」　転移直後に翔《カケル》が斬り捨てた人物はあの有名な――織田信《おだのぶ》長《なが》だった。人生で百万人の美女を抱くことを目標にする普通の高校生・結城《ユウキ》翔は、事故で命を落としたときに出会った女神アマテラスに戦国時代へ行って織田信長になってほしいと頼まれた。信長に成り代われれば美女だって抱き放題。更に追加でアマテラスも抱けるという条件で承諾した翔は、転移早々少女が暴行されそうになっている場面に遭遇《そうぐう》。少女を襲う男を即叩《たた》き斬《き》ってしまったのだが――!?

「……まあ別に問題ねえか」

　冒頭から信長死亡。成り代わった翔がひたすら美女を抱いて天下を目指す戦国無双ストーリー、開幕！

試読版は
こちら!

試読版は
こちら!

どうか俺を放っておいてくれ2
なぜかぼっちの終わった高校生活を彼女が変えようとしてくる

GA文庫

著：相崎壁際　画：間明田

「七村くんが他人事みたいな顔してるのも腹立つわね」

　モデル顔負けの美人・花見辻空とともに過去に戻り、始まった二度目の高校生活も早二か月。俺の残念で快適なぼっち生活を気に入らず、相変わらず脱ぼっちの手伝いをしようとお節介を焼く花見辻との迷惑ながらも心地いいスクールライフを送る中、今度はリア充グループに属するギャルの星ヶ崎瑠璃が俺のぼっち生活を妨げようとしてきて——!?

「七村はさ、私に話しかけられたら迷惑？」

　もうお前ら全員……どうか俺を放っておいてくれ！

　最悪で最高、そして残念なまでに眩しい高校２周目ラブコメ、第二弾！